Norbert Sütsch
Das Lächeln des Regenbogens
Ein Märchen – nicht nur für Erwachsene

Märchen – nicht nur für Erwachsene
Herausgegeben von Roland Kübler im Verlag Stendel

© Copyright 1987 by Verlag Stendel,
Beim Hochwachtturm 8a, 7050 Waiblingen
Alle Rechte vorbehalten

Lektorat: Roland Kübler
Titel und Illustrationen: Manfred Häusler
Herstellung: windhueter kollektiv, Schorndorf

2. Auflage September 1987

ISBN 3-926789-00-X

Für Lena

Als der Morgen sich träge und schwer über dem Dorf beim Alten Wald ankündigte, ahnte noch niemand, daß gerade heute ein Mädchen zu einer abenteuerlichen Reise aufbrechen würde, die das Leben aller verändern sollte.
Müde und matt, zerschlagen von einer traumlosen Nacht, gingen viele Menschen auch an diesem Tag wieder zu ihrer Arbeit. Sie sprachen kaum ein Wort miteinander und tauschten nur hastige Blicke. Sie alle hatten den fremden Herrschern ihre Träume gegeben und sich den neuen Gesetzen gebeugt.
Und wer die Träume besitzt, der hat die Macht...

*

„Nie!" keuchte Ayala immer wieder und rannte dabei so schnell sie konnte, in den diesigen, wolkenverhangenen Morgen hinein. „Niemals!" Dazu würde sie sich nicht zwingen lassen.
Sie blieb stehen, als sie die ersten Bäume des Alten Waldes erreicht hatte, und sah zurück zum Dorf. Niemand war ihr gefolgt. Aufatmend lehnte sie sich gegen die moosüberwucherte Seite einer dickrindigen Buche. Ihr hastiger Atem und das heftig pochende Herz beruhigten sich.
Dann begann sie zu weinen.
In Ayala wuchs die Traurigkeit und breitete ihre dunklen Flügel aus. Sie ließ sich ins taufeuchte Gras sinken.
Die ersten Strahlen der Morgensonne brachen wie ein goldener Fächer durch die Kronen der hohen Bäume. Ayala sah zu, wie das Licht unentschlossen zwischen den Ästen und Blättern flirrte. Sie genoß den wärmenden Glanz.
Dann schüttelte das Mädchen entschieden den Kopf. „Nein! Nicht mit mir!" Ayala sah sich um. Irgendwo hier im Alten Wald mußte der Zauberer Wittov wohnen. Großmutter hatte oft von ihm erzählt. Er würde sicher einen Rat wissen.
Auf einem kleinen, kaum erkennbaren Pfad, der sich zwischen mächtigen Bäumen hindurchmogelte und oftmals von dichtem Gebüsch verdeckt war, ging sie vorsichtig weiter.

Geradewegs hinein in den geheimnisumwitterten Alten Wald.

*

Schon lange irrte Ayala auf dem verschlungenen Weg durch den kühlen Schatten des wild wuchernden Waldes. Sonderbar duftende, nie gesehene Pflanzen wiegten sich geräuschlos im flüsternden Wind oder rankten sich um dicke Äste. Über umgestürzte, moderne Baumriesen mußte Ayala klettern, und oft zuckte sie zusammen, wenn irgendwo im Unterholz ein trockener Zweig knackte oder ein Vogel im Gebüsch raschelte.
Der Wald war riesengroß.
Und dann wurde es Abend.
Und schließlich Nacht.
Ayala hatte Mühe, nicht vom Weg abzukommen, denn das dichte Dach der Äste, Zweige und Blätter ließ das glänzende Funkeln des Nachthimmels nur spärlich bis auf den weichen Waldboden gelangen. Als sich der schmale Pfad wieder einmal teilte, blieb sie erschöpft stehen.
Wer weiß, was geschehen wäre, wenn Ayala nicht plötzlich eine fremdklingende, aber deutliche Stimme vernommen hätte: „Ayala! Ayaalaah?"
Ihr stockte der Atem. Sie zog den Kopf zwischen die Schultern und wagte keine weitere Bewegung.
„Geh den Weg nach links! Vorbei am kleinen Weiher. Bei den großen Weiden, zwischen den Felsen, dort, wo die vielen Quellen sprudeln, da findest du den Zauberer Wittov."
Die Stimme klang nicht unfreundlich. Dennoch zitterte Ayala vor Angst. Niemand im Dorf wußte von ihrem Entschluß, den Zauberer Wittov zu suchen. War ihr jemand heimlich gefolgt? Vorsichtig tasteten ihre Augen das schemenhafte Dunkel ab. Nirgendwo konnte sie jemanden entdecken.
„Hier bin ich, kleine Nachtprinzessin", hörte Ayala die Stimme wieder und starrte verwirrt in die Dunkelheit. „Ja, hier, auf der dicken Eiche. Keine zehn Schritte von dir entfernt."

Nun konnte Ayala zwar die knorrige Eiche erkennen, aber ansonsten sah sie nichts und niemanden.
„Du mußt schon ein wenig genauer hinschauen." Die Stimme klang ein wenig ungeduldig.
Ayalas Blick streifte vorsichtig über die Äste der Eiche. Und nun sah sie den weichen Schatten eines Vogels.
„Ja, Ayala", ließ sich die geheimnisvolle Stimme wieder vernehmen. „Ich bin es, der zu dir spricht. Der Kauz aus dem Alten Wald." Das Mädchen atmete erleichtert auf. Es verwunderte sie nicht einmal, daß dieser Kauz sprechen konnte, ihren Namen wußte und ihre Gedanken erriet.
„Wer hat dir verraten, wohin ich will?" fragte sie und ging wie im Traum auf die Eiche zu. „Natürlich willst du zu Wittov! Weshalb solltest du wohl sonst in tiefer Nacht hier herumirren?" gab der Kauz ärgerlich zurück. „Ich weiß eben, was ich weiß! Und außerdem kann ich noch immer zwei und dreieinhalb zusammenzählen!"
„Und woher weiß ich", wollte Ayala weiter wissen, „ob dieser Weg auch der richtige ist?"
Der Kauz krächzte kurz auf. Dann brabbelte er beleidigt: „Woher, woher? Bitte, geh doch den anderen Weg. Mitten hinein in den Alten Wald. Wundere dich aber nicht, wenn du von dort niemals mehr zurückfindest. Glaub mir oder glaub mir nicht und geh den Weg oder geh ihn nicht!"
Er plusterte sein Gefieder auf und sah aus wie ein Ball aus Federn. Er schüttelte sich, kauzte nochmals laut auf und flog hinein in die Dunkelheit, ohne Ayala eines weiteren Blickes zu würdigen.
Weg war er!
Was nun?
Nach kurzem Zögern wählte Ayala den Weg, den der sonderbare Vogel beschrieben hatte. Schon nach wenigen Schritten kam sie tatsächlich an einen kleinen Teich. Der mittlerweile hoch am Nachthimmel stehende Mond badete darin, und sein schimmerndes Spiegelbild lächelte Ayala zu. Sie ging weiter und fand, ohne lange zu suchen, die großen Weiden. In der Nähe einiger Felsen sprudelten viele kleine Quellen und murmelten leise vor sich hin. Dazwi-

schen entdeckte sie eine bescheidene Hütte. Aus den kleinen Fenstern strahlte ein freundliches, warmes Licht. Ayala ging darauf zu.
Wittov saß neben seinen Kesseln. Eine flackernde Petroleumlampe ließ Schatten an den Wänden tanzen. Sehr freundlich sah der Zauberer nicht aus, fand Ayala, als sie verstohlen in die Hütte blickte. Das lange Haar war zerzaust und ein borstiger Bart reichte ihm bis auf die Brust. Wittovs Gesicht war voller Runzeln und Falten. Die Augenbrauen hatte er mürrisch zusammengezogen. Er schien etwas vor sich hinzumurmeln.

*

Seit seinem Frühstück im ersten blassen Mondlicht grübelte der Zauberer Wittov, ob es nicht an der Zeit wäre, die Magie ganz aufzugeben. Ein Trunk aus aufgebrühten Schnurpsenkräutern tröstete ihn ein wenig. Und nach dem dritten, recht kräftigen Schluck, tat Wittov, was alle Zauberer tun, wenn sie mit ihrer Magie scheitern. Er dachte laut und angestrengt über sich, die Welt und den Lauf der Sterne nach.
„Was passiert denn nun, wenn irgendwann, irgendwo, irgendein Mensch wieder an seinen Traum glaubt, ihn nicht einfach hergibt, sondern sich auf den Weg macht, danach zu suchen? Was, wenn ich ihm nicht dabei helfen kann? Nichts wird geschehen! Überhaupt nichts! Diese herzlosen Fremden werden es erfahren und ihm ihr Gift einflößen. Er wird ihnen den Traum verraten und sich, wie all die anderen, in sein Schicksal fügen. Ich werde bis an mein unrühmliches Lebensende in dieser Hütte hocken und in die trüben Zauberkessel starren!" Er tröstete sich mit einem weiteren Schluck und grummelte dann: „Nun denn, auch ein Stein muß warten, bis jemand über ihn stolpert!"
Richtig Mitleid bekam er mit sich selbst und wollte eben fortfahren, sich weiter laut zu bedauern, als es ganz leise in den Weiden raschelte, aus denen seine Hüttentür zusammengeflochten war.

Ein letzter Schluck und Wittov hatte seinen Becher geleert. Ohne sich umzudrehen brummte er, alles andere als gut gelaunt: „Komm rein, Kauz. Aber laß mich mit deinem endlosen Geplapper in Ruhe, sonst verzaubere ich dich in einen Fisch! Und zwar in den stummsten, den der Große Ozean je gesehen hat!"
Ayala trat zögernd durch die Tür. Der Zauberer hatte ihr den Rücken zugekehrt. Leise und verlegen fragte das Mädchen: „Bist du der Zauberer Wittov?"
Erschrocken fuhr dieser herum und stieß dabei zwei der großen Bottiche vom Herd. Sogleich sprudelte das Wasser einer jungen Quelle ungestüm aus dem Bretterboden der Hütte. Denn immer dort, wo zwei Zauberflüssigkeiten ungewollt und ohne bösen Willen zusammenfließen, wird eine neue Quelle geboren. Es gluckste und gurgelte in der kleinen Hütte.
„Nein, nicht schon wieder!" hörte Ayala den Zauberer rufen. Dann flohen die beiden hinaus in die Nacht.

*

Von der eigenen, unbeabsichtigten Zauberkraft auf einen kleinen Hügel vertrieben und neben sich ein Mädchen, das ihn mit großen Augen ansah, beschloß Wittov zunächst einmal, Ruhe zu bewahren. Umständlich fingerte er mit einem weichen Tuch an seiner Brille. Voller Hoffnung saß Ayala neben ihm. Die plötzlich herbeigezauberte Quelle war schließlich der beste Beweis für Wittovs Macht. Wenn nicht er, wer sonst sollte ihr helfen können? Gespannt wartete das Mädchen auf die weisen Worte des großen Zauberers.
„Guten Abend, kleine Prinzessin", sagte dieser, nachdem er sich etwas beruhigt, die Brille wieder auf die Nase gesetzt und sie über den Rand der Gläser hinweg gemustert hatte. „Darf ich fragen, wer du bist?"
Ayala staunte. Schon zum zweiten Mal in dieser Nacht war sie mit Prinzessin angeredet worden. So etwas kam wirklich nicht alle Tage vor.

„Ich heiße Ayaalaah." Sie dehnte ihren Namen, daß daraus fast ein kleines Lied wurde.
„Ah ja", Wittov schaute sie verwirrt an. Dann jedoch huschte ein kleines Lächeln über sein Gesicht. „Ayala", wiederholte er versonnen und nickte.
„Weshalb bist du zu mir gekommen?"
Traurig verdunkelten sich die Augen des Mädchens. Beruhigend legte Wittov einen Arm auf Ayalas Schulter und drückte sie ein wenig an sich.
„Meine Großmutter hat gesagt, daß du mir bestimmt helfen kannst", schluchzte das Mädchen schließlich.
„Deine Großmutter? Ja, sie war oft bei mir. Und wobei soll ich dir helfen?"
Lange Zeit saß Ayala still und starrte mit großen Augen irgendwohin in den dunklen Wald. Wittov saß neben ihr. Auch er schwieg.
Endlich sah sie ihn an und begann: „Die Fremden im Dorf haben ein Gesetz erlassen. Darin heißt es, jeder ist verpflichtet, ihnen seine Träume zu geben. Wer sie nicht freiwillig erzählen will, den zwingen sie, eine seltsame Flüssigkeit zu trinken. Gegen den bösen Zauber der darin ist, kann sich niemand wehren. Und...", Ayala stockte, schluckte und fuhr verzweifelt fort, „ich will ihnen meine Träume nicht erzählen. Ich will nicht so werden wie all die anderen im Dorf!"
Wittov hatte aufmerksam zugehört. Er nickte, und auf seiner Stirn zeigten sich dicke Sorgenfalten. „Sind sie schon so mächtig geworden, daß sie den Menschen ihr Gift zu trinken geben können?" murmelte er vor sich hin.
„Sie nennen die Flüssigkeit das Wasser der Wahrheit", unterbrach ihn Ayala.
Wittov lachte zornig auf: „Wasser mag es wohl sein", erklärte er dann, „aber darin ist ein schreckliches Gift, welches die Herzen der Menschen leert und lähmt. Solange ich nichts dagegen gefunden habe, wird es dort wuchern und wachsen wie ein böses Geschwür!"
Der Zauberer schloß die Augen und kniff die Lippen wütend zusammen.

„Kannst du dich noch an die Zeit erinnern, als die Fremden ins Dorf kamen?" wollte er schließlich von Ayala wissen. Das Mädchen nickte.
„Dann weißt du sicher noch, daß sie den Menschen mancherlei Angenehmes brachten."
„Oh ja", antwortete Ayala. „Meinem Vater halfen sie, ein Haus aus festem Stein zu bauen, und meiner Mutter zeigten sie, wie das Korn auch im tiefsten Winter gut wächst. Nur meine Großmutter wollte nie etwas mit ihnen zu tun haben."
„Weißt du auch noch, was die Fremden von deinen Eltern für die Hilfe wollten, Ayala?"
„Darüber haben sie nie mit mir gesprochen." Das Mädchen schüttelte den Kopf.
„Hast du nicht bemerkt, daß sich schon seit langem keine Regenbogen mehr am Himmel zeigen?" wollte Wittov weiter wissen.
„Doch", Ayala nickte. „Ich weiß auch weshalb. Großmutter hat mir erzählt, daß die Regenbogen zu den Menschen gehören. Sie bemalen den Himmel, um alle an ihre Sehnsüchte und Wünsche zu erinnern."
„Dann hat sie dir sicher auch gesagt, daß die Regenbogen nur in den Himmel wachsen können, wenn die Menschen richtig glücklich und frei lachen. Seit die Fremden das Dorf beherrschen, ist diese Zeit jedoch vorbei. Wer von den Fremden Hilfe und Rat wollte, mußte dafür von seinen Träumen erzählen. Niemand dachte dabei an etwas Böses. Selbst als die Menschen bemerkten, daß sie sich danach nicht mehr an ihre eigenen Träume erinnern konnten, ließen sie sich beruhigen. Die Fremden zeigten ein großes Buch, in dem die Träume genau aufgeschrieben waren. Und aus diesen Träumen, so behaupten sie, wird ein einzigartiger neuer Traum entstehen, der alle Menschen glücklich macht. Verstehst du, Ayala?" Der Zauberer zupfte an seinen Barthaaren. „Deshalb brauchen die Fremden die Träume der Menschen. Aber wer seine Träume aufgibt und sich nicht mehr daran erinnert, dessen Herz bleibt leer. Der kann nicht mehr lachen und glücklich sein. Und aus diesem

Grund sind auch alle Regenbogen verschwunden." Ayala begann leise zu weinen. „Ich will nicht wieder zurück in das Dorf, solange die Fremden noch dort sind. Ich will nicht so werden wie all die anderen. Weißt du mir denn keinen Rat?"
„Doch, Ayala", erwiderte Wittov, „ich glaube, es gibt eine Möglichkeit. Aber dazu brauche ich deine Hilfe!"
„Was kann ich denn schon tun?" mutlos strich sich das Mädchen die Haare aus der Stirn.
„Ganz einfach", antwortete der Zauberer ernst. „Du mußt mir sagen, was dein sehnlichster Wunsch ist. Und ich", er richtete sich auf, „ich werde ihn herbeizaubern."
„Das soll alles sein?" Ayala sah Wittov ungläubig an.
„Schau", führte dieser aus, „ich werde es dir erklären. Jeder Mensch, der zu seinem sehnlichsten Wunsch gefunden hat, kann auch lachen. Laut und froh. Ein Regenbogen wird zurückkehren und alle, die ihn sehen, daran erinnern, wie es einmal war und wie es wieder sein könnte."
Ein wenig zweifelte Ayala immer noch an den Worten des Zauberers. Sie beschloß aber, es dennoch zu versuchen. Sie brauchte nicht lange zu überlegen. Deutlich sah sie ihren sehnlichsten Wunsch vor sich. Aufgeregt platzte sie heraus: „Ich weiß, was ich mir wünsche. Großmutter hat mir zu meinem zwölften Geburtstag die Geschichte vom himmelblauen Elefanten erzählt, der aus seinem Zauberrüssel wundersame Blumen auf die Menschen regnen lassen kann. Wer auch immer eine dieser Blumen sieht, sie sich ins Haar steckt oder in der Hand hält, in dessen Herz beginnt eine kleine Sonne aufzugehen und ihren wärmenden Glanz zu verbreiten. Kein Mensch auf der ganzen Welt kann sich diesem leuchtenden Glück entziehen. Bitte, Wittov, zaubere mir diesen Elefanten herbei!"
Das Mädchen schluckte aufgeregt und sah den Zauberer an. Dieser rutschte vor Schreck fast von dem kleinen Hügel, auf dem sie immer noch saßen. Er war sich so sicher gewesen. Alles hatte er erwartet. Warum wünschte sie sich nicht ein liebes Pony, schöne Kleider, ein Schloß oder, wenn es denn sein sollte, einen Märchenprinzen? Irgend etwas, was er mit

seinen Magierkräften hätte erfüllen können. Aber einen himmelblauen Elefanten? Nein! Niemand kann herbeizaubern, was es gar nicht gibt! Nicht einmal er, der große Zauberer Wittov. Fassungslos starrte er Ayala an: „Was bitte, wünschst du dir?"
„Einen sommerhimmelblauen, wunderschönen Elefanten, der einen Zauberrüssel hat!" wiederholte Ayala bestimmt.
„Oh Ayala", sagte Wittov tonlos. „Ich kann dir fast alles herbeizaubern, was du willst. Aber einen sommerhimmelblauen Elefanten mit einem Zauberrüssel, aus dem wundersame Blumen regnen, bei Krötensaft und Schnurpsenwurz, so etwas gibt es einfach nicht!"
„Doch!" Ayala ließ sich nicht beirren. „Den gibt es! Er hat mich sogar im Traum besucht."
Der Zauberer saß in sich gekauert, und alle Hoffnung war aus seiner Stimme gewichen. „Für dich hätte ich versucht, den Wind zu malen", murmelte er. „Das ist etwas, was noch kein Zauberer für ein Menschenkind tat. Und nur ich kann dir den Mondschmetterling zeigen. Denn wer, außer mir, weiß, daß er gerade in jener Nacht, wenn der Winter die Welt verläßt, von den Sternen zur Erde fliegt. Ich würde sogar..."
Weiter kam er nicht, denn Ayala war aufgesprungen und unterbrach ihn: „Sei nicht traurig, Wittov. Ich weiß wirklich, was ich mir am sehnlichsten wünsche. Meinen blauen Elefanten. Es muß ihn geben! Seine Blumen werden den Menschen wieder Glück und Lachen bringen und die Macht der Fremden brechen. Morgen früh werde ich mich auf die Suche machen!"
Sie sah sich um und schlang ihre Arme um den Körper. Der Nachtwind ließ sie frösteln. „Und jetzt könntest du mir ja wenigstens eine warme Decke herbeizaubern oder in Windeseile die Hütte wieder trocknen."
Erschrocken stand Wittov auf. Daran hatte er gar nicht mehr gedacht. Noch immer gurgelte das Wasser der Zauberquelle in seiner Hütte. Halblaut murmelte er einige Beschwörungsformeln in einer Sprache, die Ayala nicht verstand. Es ächzte und knarrte im Alten Wald. Dann war

Wittovs Hütte verschwunden. Spurlos, als wäre sie nie dagewesen. Die kleine Quelle sprudelte munter aus dem Waldboden, und ihr Wasser traf sich mit dem der vielen anderen Quellen.
Hilflos zuckte Wittov mit den Schultern. „Daß mir dies auch immer wieder passieren muß. Komm mit, Ayala!"
Er drehte sich um, und als das Mädchen ihm folgte, sah es, daß die Hütte des Zauberers ganz in ihrer Nähe wieder aufgetaucht war. Sie gingen hinein. Ein warmes Feuer prasselte unter den Kesseln, und Ayala hüllte sich zufrieden in eine Decke, die ihr Wittov gereicht hatte. Sie war eingeschlafen, kaum daß sie die Augen geschlossen hatte.
Ayala träumte von einem wunderschönen Elefanten, aus dessen Rüssel ein Meer von bunten Blumen strömte und der so herrlich blau strahlte wie ein Sommerhimmel. Sie konnte sogar sehen, daß er ihr zuzwinkerte.
Und einen Regenbogen sah sie auch. Einen, der so vertraut lächelte, wie nur ein Freund lächeln kann.

*

Währenddessen kramte Wittov in einem großen Bücherregal. Ganz oben, verborgen hinter dicht gesponnenen Spinnweben, fand er schließlich, wonach er gesucht hatte. Vorsichtig stieg der Zauberer wieder vom Stuhl. Er hielt ein faustdickes, in weiches Leder gebundenes Buch in der Hand. Lange Stunden, während Ayala im Schlaf lächelte, saß Wittov neben dem Feuer und blätterte aufmerksam in den vergilbten Zauberformeln seiner Vorfahren. Endlich schien er etwas gefunden zu haben. Er las die Seite nochmals und auch noch ein drittes Mal. Als er den Kopf mit einem langen Seufzer hob und die Brille abnahm, lächelte auch er. Ayala konnte vielleicht doch geholfen werden.

*

Früh am nächsten Morgen wurde Wittov unsanft wachgerüttelt. „Zauberer!" hörte er Ayalas Stimme. „Zauberer,

komm steh auf! Es wird Zeit für mich zu gehen."
Verschlafen murmelte dieser unter seiner Decke hervor: „Warte, Ayala. Der Morgen ist nicht die Zeit der Zauberer. Solange ich mich erinnern kann, war ich noch nie wach, bevor nicht die Sonne hinter den Weiden versunken war."
„Dann gehe ich eben ohne deinen Zaubersegen", sagte Ayala, und Wittov hörte, wie sie sich umdrehte.
Schneller als ein Eichhörnchen in die Krone seines Baumes huscht, fuhr der Zauberer von seinem Lager hoch: „Halt, so warte doch! Ich komme mit. Es gibt vielleicht eine Möglichkeit, wie ich dir helfen kann."
Ayala lächelte erleichtert, und dieses Lächeln war so sonnig, daß die Müdigkeit aus Wittovs Augen einfach weggeblasen wurde.
„Hör zu", erklärte Wittov, als er sich seinen Mantel übergeworfen hatte, „ich werde versuchen, dich zur Stadt Umbaralla zu führen. Sollte dir dort niemand sagen können, wo du deinen blauen Elefanten findest, dann will ich nicht mehr Wittov heißen und werde die Zauberei für immer aufgeben."
„Ich wußte doch, daß ich mich auf dich verlassen kann!" Erleichtert sah Ayala den Zauberer an. „Wo ist diese Stadt Umbaralla?"
Schwer atmend setzte sich der Zauberer auf einen Stuhl. „Das ist ja gerade das Verzwickte", sagte er dann. „Umbaralla ist die Hauptstadt aller Regenbogen. Und sie ist immer dort, wo der schönste Regenbogen der Erde am Himmel leuchtet. Wer durch sein buntes Tor hindurchgeht, der ist in Umbaralla."
„Aber, wie willst du denn den schönsten Regenbogen der Erde finden, wo es doch keinen mehr gibt?" Enttäuscht schüttelte Ayala den Kopf.
Zuversichtlich schmunzelnd munterte der Zauberer sie auf: „Schließlich gibt es ja noch mich." Er strich sich lächelnd durch den Bart. „Und ich bin immerhin Wittov, der Zauberer. Wenn du mir hilfst, werde ich schon einen Regenbogen herbeirufen können. Und glaub mir, es wird der schönste sein, den die Welt jemals gesehen hat!" Wittov nickte, wäh-

rend er dies sagte, gewichtig mit dem Kopf. „Komm mit, kleine Freundin", fuhr er dann fort und nahm die verdutzte Ayala bei der Hand. „Wir müssen eine schöne Stelle für unseren Regenbogen suchen." Kaum waren die beiden durch die Hüttentür getreten, haspelte über ihnen der Kauz erschreckt auf: „Was, was ist denn nun los? Was ist geschehen?" Er schlug aufgeregt mit seinen Flügeln, und die runden Knopfaugen kullerten verwirrt hin und her. „Geht die Welt unter? Stürzt der Himmel ein? Weshalb kommst du schon am frühen Morgen aus deiner Hütte?"
Wittovs Augen strahlten fröhlich. Gelassen streckte er den Arm aus. Der kleine Kauz flatterte herbei und nahm mit verschnupfter Miene darauf Platz. „Nichts ist, Kauz", sagte der Zauberer und klopfte mit einem Finger zärtlich gegen den gekrümmten Schnabel des Nachtvogels. „Ich gehe nur ein wenig zaubern, um dem Mädchen hier zu helfen", erklärte er, als ob dies etwas ganz Alltägliches für ihn sei.
„Ein wenig zaubern gehst du? So so!" Der Kauz schielte Wittov mißtrauisch an. „Am frühen Morgen? Natürlich! Und warum hast du mir nichts davon gesagt?" hakte er beleidigt nach und legte sich gekränkt einige Federn auf seinem Flügel zurecht.
„Na ja", gab Wittov zurück, „ich habe es auch eben erst beschlossen."
„Ach so", der Kauz blinkte Ayala erst mit einem Auge, dann mit dem anderen erstaunt an. „Und was will er dir zaubern, kleine Prinzessin?"
„Einen Regenbogen", antwortete Ayala, „und zwar den schönsten, den es auf der Welt gibt."
„Schau an", krächzte der Kauz, „und das würde er mich verschlafen lassen?" Er pickte Wittov in die Hand und bemerkte zu Ayala: „Dabei braucht er mich doch jedesmal, wenn er zu zaubern beginnt. Wenn ich nicht wäre! Ständig vergißt er etwas, rührt im falschen Moment im Kessel und wundert sich dann, wenn alles kracht und stinkt und raucht. Wenn ich richtig gesehen habe, ist gestern Nacht schon wieder eine neue Quelle im Wald aufgetaucht. Du kannst wirklich froh sein, kleine Prinzessin, daß du mich dabei hast." Er

hüpfte auf Wittovs Schulter, knabberte an dessen Ohr und befahl: „Also los! Alles klar! Auf was warten wir noch!" Und ganz leise, so daß Ayala es nicht hören konnte, flüsterte er dann: „Du hast doch schon ewig keinen Regenbogen mehr gezaubert." Wittov knurrte kaum hörbar zurück: „Du hast auch schon ewig niemanden mehr zum Lachen gebracht!" Da wußte der Kauz, was zu tun war.
Der Zauberer seufzte laut. Dann schloß er die Tür seiner Hütte, rückte sich umständlich die Brille zurecht, nahm seinen knorrigen Stab in die Hand und stapfte mit riesigen Schritten los. Ayala hüpfte aufgeregt an seiner Seite. „Wie soll ich dir helfen, einen Regenbogen herbeizuzaubern?" wollte sie wissen und „wer wohnt denn in Umbaralla, wer wird mir dort weiterhelfen und vor allem wie?"
„Du wirst schon sehen, Ayala, nur Geduld", beruhigte sie Wittov und sah angestrengt geradeaus.
Bald hatten sie den Wald hinter sich gelassen. Sie wanderten durch Wiesen, sprangen auf Steinen über einen quirligen Bach, auf den die Sonnenstrahlen lauter Diamanten zauberten und mühten sich dann einen kleinen Berg hinauf. Oben angekommen hielt sich Wittov die Hand schützend über die Augen und sah sich um. „Ja", sagte er schließlich, „dies ist der richtige Platz."
„Woher weißt du, daß wir gerade hier richtig sind, Wittov?" Ayala sah den Zauberer neugierig an.
Darauf brummte dieser nur kopfschüttelnd in seinen Bart: „Woher weißt du, daß du einen blauen Elefanten willst?"
„Ich weiß es eben, das reicht doch!" erwiderte Ayala.
„Na siehst du", Wittov strich sich mit einem Finger unsicher über die Nasenspitze, „ich weiß es eben auch. Schließlich bin ja ich der Zauberer. Oder?"
Hilfesuchend schaute er den Kauz an. Dieser krächzte laut auf und kreiste lästernd um Wittovs Kopf: „Geh lieber zur Seite, Ayala. Du weißt doch, Wittov zaubert mit Vorliebe neue Quellen herbei. Ja, er ist der größte Quellenzauberer im Alten Wald! Deshalb haben ihm die Elfen ein Lied gedichtet. 'Wenn Wittov nicht so schusslig wär, würd' aus dem Alten Wald kein großes Meer, er zaubert viele Quellen

her, und deshalb lieben wir ihn sehr'."
Der Kauz kugelte sich über seinen Scherz in der Luft, bis er schließlich die Flügel verhedderte und krächzend vor Freude zu Boden taumelte. Das Mädchen mußte einfach lachen als sie den Kauz sah. Dieser kauerte prustend auf der Erde und äugte strahlend zu Ayala empor, deren fröhliches Lachen glockenhell in den Himmel stieg.
Auch in Wittovs Augenwinkeln funkelte erleichterte Freude. Der Kauz hatte es tatsächlich fertiggebracht, dem Mädchen ein Lachen zu entlocken. Dann jedoch räusperte er sich ernst. Ayala spürte, daß Wittov jetzt keine Störung mehr brauchen konnte. Der Kauz saß auf dem Wanderstab des Zauberers und hatte den Kopf zur Seite geneigt. Gemeinsam starrten sie angestrengt in das Tal hinunter. Er hatte getan, was er konnte. Doch würde dieses Lachen des Mädchens genügen, einen der geflüchteten Regenbogen herbeizurufen?
„Jetzt Wittov! Jetzt oder nie", flüsterte der Kauz und sträubte die Halsfedern.

*

Wittov hob beide Arme. Er reckte sie hoch, als wolle er nach dem Himmel greifen. Seine Augen waren geschlossen, und der Bart flatterte im Wind. Plötzlich zogen hinter ihnen düstere Wolken auf. Blitze zuckten über den Himmel. Der Kauz flüchtete erschreckt zu Ayala. Ein warmer Regen prasselte auf den Zauberer, das Mädchen und den Vogel nieder. Die Wolken jagten über die weite Ebene auf die Sonne zu. Während der Donner noch grollte und sich die bedrohlichen Wolken übereinandertürmten, begann am Horizont ein zarter Regenbogen zu leuchten. Wittov und der Kauz strahlten. Der Regenbogen mußte das Lachen Ayalas gehört haben. Zuerst waren seine Farben noch durchsichtig wie feiner Morgennebel am Fluß. Doch dann, als die warmen Strahlen der Mittagssonne durch die Gewitterwolken drangen, leuchteten und glühten sie auf. Wie ein festes, großes Tor überspannte der schönste Regenbogen, den Ayala

jemals gesehen hatte, die Ebene. Und unter dem Regenbogen leuchteten die Dächer, die Zinnen, die Kuppeln und Türme der herrlichsten Stadt der Welt. Wenigstens schien es Ayala so, obwohl sie noch nicht viele Städte gesehen hatte in ihrem Leben. Alle Häuser waren in das Licht des Regenbogens getaucht und schillerten in Blau und Grün, in Gelb und Rot und Violett. Ständig wechselten die Farben der Häuser, sie schienen in einem geheimnisvollen Rhythmus mit dem Regenbogen und der Sonne zu tanzen.
„Lauf los, Ayala!" schrie der Zauberer mit geschlossenen Augen, die Hände immer noch gen Himmel gereckt. Schweißtropfen glänzten auf seiner Stirn und rannen ihm über das Gesicht in den Bart. „Lauf durch den Regenbogen in die Stadt! Schnell! Ich werde dich in meiner Hütte erwarten. Frag nichts! Nun lauf schon!"
Ohne auch nur einen Moment zu zögern, rannte Ayala den Hügel hinunter auf das glänzende Tor des Regenbogens zu. Der Kauz flatterte ihr voraus und krächzte immer wieder: „Schneller, schneller! Wir müssen dort sein, solange der Regenbogen noch genügend Kraft hat."
Ayala lief so schnell wie noch nie in ihrem Leben. Das Herz schlug ihr bis zum Hals. Gerade noch rechtzeitig erreichte sie den gewaltigen bunten Bogen. Schon zitterten die kraftvollen Farben, das Regenbogentor wurde blasser und schien sich in den Himmel flüchten zu wollen. Doch das Mädchen und der Kauz schafften es.

*

Kaum war Ayala durch den Regenbogen gekeucht, stand sie mitten in der fremden Stadt. Der Kauz ließ sich auf ihrer Schulter nieder. „Du mußt in den Palast", flüsterte er. „Immer der Nase nach, dann kannst du ihn nicht verfehlen."
Ayala ging langsam und staunend weiter. Solch eine funkelnde Pracht hatte sie sich bis jetzt nicht vorstellen können. Das Licht aller Edelsteine der Welt schien hier versammelt und glitzerte in engen Gassen, von verzierten Erkern, kunstvoll gedrechselten Türen und geschwungenen, klei-

nen Brücken. Und doch, das wußte Ayala, war es nur das Lachen vieler Regenbogen in der Sonne, welches diese Farben zauberte. Vor Staunen sprachlos lief sie durch die Straßen und über kleine Plätze, bis sie schließlich vor einem großen Schloß stand.
„Nur zu", hörte sie die Stimme des Kauzes. „Immer hinein."
Als Ayala das Portal aufdrückte und die Palasthalle zögernd betrat, pochte ihr Herz vor Aufregung. Wenn der Kauz sie nicht immer wieder ermuntert hätte weiterzugehen – sie wußte nicht, was sie getan hätte.
So aber ließ sie sich von den Anweisungen des Vogels leiten und stand nach kurzer Zeit vor einer kleinen Tür. Ein schmuckloses Schild hing daran und darauf stand „KÖNIG". Sonst nichts.
Ayala atmete tief ein. Der Kauz rieb seinen Kopf an ihrem Hals und sagte: „Na los, wir sind da. Bis hierher habe ich dich geführt. Aber hineingehen mußt du schon selbst!"

*

Unsicher klopfte Ayala an die Tür. Zum ersten Mal in ihrem Leben würde sie einem richtigen König gegenüberstehen. Wie sollte sie sich verhalten?
Noch bevor sie darüber weiter grübeln konnte, wurde die Tür geöffnet, und ein Mann stand vor ihr. In der Hand hielt er einen großen Kochlöffel. Er hatte eine fleckige Schürze umgebunden und lachte sie freundlich an: „Da bist du ja gerade noch rechtzeitig gekommen, nicht wahr?" sagte er, gab ihr die Hand und zog sie in den Raum. Der Kauz saß stumm auf ihrer Schulter.
„Warum, wozu, weshalb?" stammelte Ayala, weil sie nicht wußte, was sie sonst sagen sollte. Und als der Mann sie einfach nur weiter freundlich anlächelte, fragte sie: „Ich will zum König von Umbaralla. Kannst du mir sagen, wo ich ihn finde?"
„Aber natürlich", antwortete der Mann und hob seinen großen Kochlöffel. „Du hast den König schon gefunden. Er steht vor dir."

Ayala bekam ganz große, runde Augen: „Du bist der König?" staunte sie. „Der König von Umbaralla?"
Der Mann nickte bedächtig. So hatte sich Ayala einen König bestimmt nicht vorgestellt. Aber vielleicht war in Umbaralla alles ein wenig anders. Sie sah sich in dem bescheidenen Raum um. Über einem flackernden Kaminfeuer hing ein Topf, und darin kochte eine dicke Suppe. Der König sah in Ayalas erstauntes Gesicht. „Na komm schon, setz dich. Außer vielen Fragen wirst du ja wohl auch Hunger haben, oder?" Ayala konnte nur sprachlos nicken. Dann nahm sie an einem großen hölzernen Tisch Platz. Der Kauz flatterte von ihrer Schulter durch den Raum. Er landete nahe am Feuer, schloß die Augen und plusterte sich zufrieden auf. „Hör zu, Ayala", fuhr der seltsame König fort und begann, mit einer Schöpfkelle zwei Teller zu füllen. „Anstatt dich lange fragen zu lassen, werde ich dir die Antworten einfach schon geben, während du ißt. Ich denke, dies wird das einfachste sein."
Was sollte Ayala schon erwidern? Der Geruch der Suppe dampfte ihr in die Nase. Zuerst einmal wollte sie ihren Hunger stillen. Alles andere konnte warten.
Sichtlich mit seiner Kochkunst zufrieden, löffelte auch der König seine Suppe und sah Ayala an. Dann kratzte er sich nachdenklich am Hinterkopf. Er begann die längste Rede, die er je gehalten hatte und je halten würde: „Du weißt, Ayala, daß du in Umbaralla, der Hauptstadt aller Regenbogen bist. Ich weiß, daß du einen blauen Elefanten suchst, weil dies dein sehnlichster Wunsch ist. Nein, nein", der König schüttelte sachte den Kopf, als Ayala hastig schluckte, um ihn etwas zu fragen. „Jetzt laß dir zuerst die Suppe schmecken und mich weitersprechen. Es ist selten geworden, daß Menschen in Umbaralla zu Gast sind, denn für sie gibt es ja keine Regenbogen mehr. Früher war dies anders. Da kamen außer Wassernixen und Waldfeen, Elfen, Gnomen und Kobolden auch ab und an Menschen hierher. Denn Umbaralla war und ist die Stadt des Friedens. Hier wird gelacht und gegessen, getanzt, getrunken, und niemand denkt an Streit. Geschichten werden erzählt und Lie-

der gesungen. Ja, ja", betrübt schüttelte der König seinen Kopf und nahm wieder einen großen Löffel Suppe, „schade, daß die Menschen nicht mehr durch das Regenbogentor gehen können, um Umbaralla zu besuchen. Nun aber wieder zu dir, Ayala. Du sollst wissen, daß dein blauer Elefant auf einer Insel auf dich wartet. Es ist allerdings nicht leicht, dorthin zu kommen. Wer zu seinem Wunsch will, muß alles wagen. Aber wir werden dir helfen. Dazu ist die Hauptstadt aller Regenbogen schließlich da. Hör gut zu!" Der König schwieg eine Zeitlang und sah Ayala fest in die Augen. Dann fuhr er fort: „Die Insel, die du erreichen mußt, liegt im Großen Ozean. Niemand weiß genau wo, da sie auf den Wellen schwimmt und vom Wind einmal hierhin, ein anderes Mal dorthin getrieben wird. Eines aber steht fest. Du mußt das Leere Land durchqueren. Dies ist eine unermeßlich weite, heiße Wüste. An ihrem Ende wirst du einen hohen Wall erreichen, und dahinter liegt die Graue Stadt. Dies ist kein ungefährlicher Ort, denn seltsame Dinge habe ich schon von dort gehört. Aber in dieser Stadt wird es sich entscheiden, ob du den Weg auf deine Insel finden wirst." Ernst und fast ein wenig traurig rührte der König mit seinem Löffel im Teller: „Es ist kein leichter Weg, den du gehen willst, Ayala. Noch kannst du umkehren!"
Ayala schüttelte entschieden den Kopf und leckte den letzten Tropfen der Suppe von ihrem Löffel: „Kann ich noch etwas zu essen haben?" fragte sie.
Der König sah überrascht auf.
„Zu essen?" murmelte er völlig verwirrt. „Aber natürlich. Dir schmeckt meine Suppe, nicht wahr? Ohne falschen Stolz will ich sagen, daß man sie von einem Regenbogen bis zum anderen auf der ganzen Welt rühmt. Die Zutaten sind geheim", sprach er weiter und füllte Ayalas Teller. „Dir aber will ich verraten, daß sie nur gelingt, wenn ein mächtiger Donner mit grellen Blitzen über dem Regenbogen tobt. Diese Würze fange ich in meinem Kessel ein. Das ist natürlich bei weitem nicht alles, aber..."
Der König hätte wohl noch lange so weitergeplaudert, wenn ihn Ayala nicht unterbrochen hätte: „Wie willst du

mir helfen, auf die Insel zu kommen, wenn der Weg dorthin so voller Gefahren steckt?"
Der König wischte sich die Hände an der Schürze ab. „Nun ja", begann er bedächtig, „unten im Hof wird morgen ein Pferd auf dich warten. Dies wird dich durch das Leere Land tragen. Außerdem bekommst du von uns ein Schwert, ein Schild und ein Amulett aus den Edelsteinen, die in Vollmondnächten aus Regenbogen tropfen. Diese Dinge wirst du in der Grauen Stadt wohl gebrauchen können. Gib sie nicht leichtfertig her. Mehr kann und darf ich dir leider nicht sagen, denn wer zu seinem Traum will, muß seinen Weg alleine finden."
Er überlegte kurz. Dann sprach er weiter: „Einen Rat sollst du von mir noch mitbekommen. Wie du weißt, besitzt jeder Fuß fünf Zehen und jede Hand ebensoviele Finger. Von uns aber wirst du nur vier Gefährten bekommen. Erst das Geheimnis des fünften wird dich zu deiner Insel führen."
Der König wartete, bis Ayala den Teller leergegessen hatte. Er sah sie ernst an: „Hast du jetzt noch Fragen?"
Das Mädchen starrte in den leeren Teller. „Werde ich auf die Insel kommen, König?" fragte sie dann leise.
Dieser zuckte seufzend mit den Schultern: „Ich weiß es nicht, Ayala. Ich kann es dir nur wünschen. Denn was ist ein Mensch ohne Traum und Wunsch und Sehnsucht? Ein Schatten! Nicht mehr!" Ayala sah zum Fenster hinaus. Die letzten Strahlen der Abendsonne tauchten den Himmel in ein dunkles Violett. Ein paar kleine Wolken glänzten noch in unbeschwertem Weiß, aber ihre Ränder waren von der versinkenden Sonne schon in Flammen gesetzt worden. Bald würden auch sie sich dem Dunkel der Nacht ergeben müssen.
„Ich werde jetzt schlafen gehen und morgen aufbrechen, um meinen Elefanten zu suchen. Und ich werde ihn finden!" sagte Ayala während sie sich die Augen rieb.
Der König strahlte: „Gut, Ayala, gut. Wenn du mir bitte folgen willst."

Erst als Ayala mit dem König den Raum verließ, fiel ihr auf, daß der Kauz verschwunden war.
„Der Kauz, wo ist der Kauz?"
Der König lachte: „Na, wo wohl? Dort, wo du jetzt hingehst!" Und tatsächlich wartete der gefiederte Gefährte bereits auf Ayalas Nachtlager: „Ab in die Federn, Ayala", begrüßte er sie. „Die Nacht ist kurz, und der Tag wird lang werden!"

*

Am frühen Morgen wurde Ayala von den Flügelspitzen des Kauzes an ihrer Nase wachgekitzelt: „Höchste Zeit aufzustehen", krächzte er und flatterte aufgeregt über ihr. „Der Schlaf kann warten! Laß uns den Tag nutzen!"
Gemeinsam mit dem König, der statt seiner Schürze nun einen hermelingefütterten Umhang trug und ein farbenfrohes Zepter in der Hand hielt, tranken sie einen honigsüßen Tee und stärkten sich mit dunklem Brot. Dann schritt der König voran in den Hof.
Das überschäumende Licht der Morgensonne spielte mit den Farben der vielen Regenbogen, und Ayala starrte mit offenem Mund, bis der König zu ihr sprach und dabei auf ein prachtvolles Pferd deutete: „Dies hier ist Shita. Sie hat schon manchen durch das Leere Land getragen und ist stets zurückgekehrt zu uns. Wenn du den Wall erreichst, wird sie dich verlassen, denn dann hat sie ihre Aufgabe erfüllt."
Die schlanke Stute wieherte laut und schüttelte erwartungsvoll die Mähne. Zart strich Ayala über die bebenden Flanken des Pferdes.
Dann griff der König in seinen Umhang und wandte sich Ayala zu. Er strich ihr Haar zur Seite und legte ihr ein wundervolles Amulett um den Hals: „Achte auf Danja", erklärte er. „In ihren Steinen wohnt eine wundervolle Macht."
Das Amulett glänzte und glitzerte an Ayalas Hals, daß es selbst die Sonne überstrahlte.
„Und hier sind Sissara, das Schwert, welches sogar den Wind in Stücke schneiden kann und Harmus, das Schild. Selbst

eine große Geröllawine kann es nicht zerschrammen."
Der König legte dem Mädchen das große Schwert vorsichtig in die ausgestreckten Hände. Es fühlte sich wunderbar leicht an. Ayala schauderte. Ein unbekanntes Gefühl drang in ihren Körper ein und ließ sie frösteln.
„Ich weiß nicht, wie man ein Schwert führt", flüsterte sie.
Der König lächelte. „Sissara ist kein Schwert, welches auf die Kraft desjenigen angewiesen ist, in dessen Hand es ruht", erklärte er. „Es wird dir jedoch nur beistehen, wenn du nicht von deinem Weg abweichst. Dieser Zauber ist in Sissara eingeschmiedet."
Er beugte sich zu Ayala hinunter und half ihr, das Schwert umzugürten. Dann reichte er ihr Harmus und hob sie auf die Stute. „Das Lachen sei dein Freund", verabschiedete sich der König von ihr. „Denk an meine Worte und vergiß niemals, weshalb du dich auf den Weg gemacht hast."
Er trat ein wenig zurück.
Ayala zögerte nicht länger. Der Kauz saß auf ihrer Schulter. Ein leichter Schenkeldruck und Shita trabte los. Das Mädchen warf einen letzten, langen Blick zurück auf den winkenden König und den von Regenbogen umrahmten Palast. Ihre Reise konnte beginnen.
Die Sonne stand hoch, und unter dem Schutz ihrer warmen Strahlen preschte Shita so schnell, wie ein Auge gerade noch schauen kann, in die Richtung, wo sich die Abendsonne von der Nacht einholen und zudecken läßt.

*

Über Ayala flutete schon lange das gleißende Licht der Mittagssonne, und vor ihr breitete eine endlose, öde Wüste ihr ausgedörrtes Antlitz aus.
Shita schien den Weg zu kennen. Schneller als ein Pfeil fliegen kann, galoppierte sie über die weite, heiße Wüste, deren Flimmern bis zum Horizont reichte. Selbst der Wüstenwind kam ins Keuchen, als er seinen trockenen Atem mit Shitas Schnelligkeit messen wollte. Nirgendwo fand der Blick des Mädchens einen Halt in dieser grenzenlosen Wü-

ste. Niemals zuvor hatte Ayala sich eine solche Einsamkeit und Weite vorstellen können. Die Hitze schlug auf sie ein und wollte sie aussaugen. Angst kroch in ihr Herz. Immer wieder sah sie sich verzweifelt um. Doch nirgendwo konnte sie ein Zeichen entdecken, welches das Ende dieser Wüste angedeutet hätte. Wäre nicht Shita gewesen, die Verzweiflung hätte Ayala gepackt. So aber überließ sie sich dem rasenden Galopp der Stute, schloß die Augen und preßte ihren Kopf an den schützenden, schweißnassen Hals von Shita.

Alles und jeder wäre verloren gewesen in dieser stillen Unendlichkeit aus Sand und Hitze. Doch Shitas Kraft schien genauso grenzenlos wie das Leere Land. Nichts und niemand vermochte dieses dahinrasende Pferd zu lenken. So unbeirrbar wie ein Vogel gen Süden fliegt, fand die Stute den Weg durch die unter brütender Hitze stöhnende Wüste.

*

Endlich, der Tag verneigte sich schon vor der nahenden Nacht, mündete das heiße Meer aus Sand in eine Landschaft aus frischem, jungem Gras. Shitas wilder Galopp verlangsamte sich. Die Stute fiel in einen leichten Trab, schüttelte sich die dicken Schweißflocken aus der Mähne und schritt schließlich auf eine kleine Baumgruppe zu. Ein angenehm kühler Windhauch strich leise über Ayalas Gesicht. Sie löste den Griff um Shitas Hals und richtete sich, immer noch benommen von dem rasenden Ritt durch das heiße Nichts, langsam auf.

Sie hatten das Leere Land überwunden. Vor ihnen, keine hundert Schritte entfernt, ragte ein gewaltiger Koloß in die Höhe. Eine düstere Mauer, die sich weit in den von flammendem Rot überfluteten Abendhimmel bohrte. „Unser erstes Ziel haben wir erreicht, Kauz", murmelte Ayala erschöpft. „Den Wall am Ende der Wüste. Morgen werden wir weitersehen."

Dann glitt sie, ohne eine Antwort des Kauzes abzuwarten, von Shitas Rücken, stolperte einige Schritte, bis sie neben

einem Busch eine kleine Mulde entdeckte, und sank dort in den Schlaf.
Der Kauz äugte unterdessen aufmerksam umher, und als ihn Ayalas tiefer, ruhiger Atem und die nächtliche Stille der schlafenden Wüste davon überzeugt hatten, daß er hier nicht mehr gebraucht wurde, schüttelte er lautlos sein Gefieder und stieg in den Himmel empor. Er würde schon herausfinden, was sich hinter dieser gewaltigen Mauer verbarg.
Die ersten Sterne begannen die schwarzblaue Nacht zu erleuchten. Mit ihnen erwachte Danja, das Regenbogenamulett an Ayalas Hals. Es funkelte und blitzte. Als Sternschnuppen wie leichter Schnee vom Himmel fielen, begann das Amulett sein Lieblingsspiel. Mit einer geheimnisvollen Kraft lockte Danja die Sternschnuppen an, saugte sie auf und schleuderte sie dann mit einem gewaltigen Schwung wieder in den Nachthimmel hinauf. Den Sternschnuppen gefiel dieses Spiel. Immer mehr zischten herab und ließen sich von Danja emporwerfen. Es wurde das schönste Sternschnuppen-Feuerwerk, welches es jemals gab und geben wird.
Und Ayala verschlief es.

*

Noch war es dunkel auf der Welt, und der düstere Schatten der hohen Mauer verbarg selbst den Mond vor Ayala. Unmerklich dämmerte der Morgen über der weiten Wüste. Zahllose feine Tautropfen klammerten sich glänzend an die Blätter der Büsche, warteten auf dem Gras und in Ayalas Haar auf den neuen Tag. Die Luft stand still, und kein Laut störte dieses leise Erwachen der Welt. Der erste Schein der emporsteigenden Sonne tauchte die spitzen Zacken der hohen Mauer in ein blutiges Rot. Später, als die Sonne hoch genug stand und die Nacht vom Himmel vertrieben hatte, floh der Schatten, der wie ein Fluch vor der Mauer gelegen hatte. Als sich schließlich die flimmernde Hitze des kommenden Tages ankündigte, stürzte ein kleiner Vogel über die Krone

der hohen Mauer und landete, atemlos vor Anstrengung und Aufregung, neben dem schlafenden Mädchen im Gras. Shita schnaubte leise als sie den Kauz sah. Dieser wartete mit ausgebreiteten Flügeln, bis sich sein Atem beruhigt hatte. Danach streifte er mit dem gekrümmten Schnabel gekonnt viele Tautropfen von den Grasbüscheln, um seinen Durst zu stillen.
Erst dann hüpfte er zu Ayala und weckte sie.
„Ich war hinter der großen Mauer", begann er und schüttelte sich ein ums andere Mal, als wolle er einen bösen Traum vergessen. „Dort ist eine Stadt. Die Häuser sind so grau wie die Straßen. Kein Licht leuchtet hinter den geschlossenen Türen und Fenstern. Zuerst dachte ich, alles und jeder sei hier schon vor langem einen traurigen Tod gestorben. Doch als der Mond aufging, konnte ich in die grauen Häuser schauen. In jedem Haus fand ich Menschen. Frauen und Männer. Alle lagen in einem tiefen, regungslosen Schlaf. Ich mußte schon sehr genau hinsehen, um überhaupt zu bemerken, daß sie noch atmen. Glaub mir", der Kauz sträubte seine Federn, „diese Menschen sind von einem bösen Zauber in einen tiefen Schlaf geschickt worden. Hinter der Stadt beginnt der Große Ozean. Nirgendwo ist dort noch Land zu sehen. Und dann ist da ein Hügel, mitten in der Stadt. Scharf wie spitze Lanzen bohren sich seine seltsam geformten Felsen in den Himmel. Als der Mond am höchsten stand, legte sich ein schwarzer Schatten über die Häuser, und als ich mich umsah, starrte mich von dem Hügel plötzlich eine finstere Burg an." Hastig atmete der Kauz. „Verstehst du, Ayala? Wo gerade noch schwarze Felsklippen standen, war nun auf einmal ein finsteres Gemäuer. Ich habe es nicht gewagt, dorthin zu fliegen. Glaub mir, dies ist kein guter Ort für uns. Hier findest du deinen blauen Elefanten bestimmt nicht! Mir ist diese Gegend nicht geheuer!"
Der Kauz schwieg. Auch Ayala wußte nicht, was sie sagen sollte. Der König von Umbaralla hatte ihr von der Grauen Stadt hinter dem hohen Wall erzählt. Hier sollte sie mehr über ihren blauen Elefanten erfahren. Gleichzeitig aber hatte er sie auch eindringlich gewarnt. Sie sah zu Shita hinüber.

Friedlich lag diese auf der warmen Erde. Ayala erhob sich und ging zu der Stute. Sachte streichelte sie den warmen Körper. Dann nahm sie den Kopf Shitas in beide Hände. „Du mußt zurückkehren", sagte sie. Die Stute blähte die Nüstern in Ayalas Händen und drängte sich mit ihrem Kopf dicht an den Körper des Mädchens. „Lauf zurück nach Umbaralla", flüsterte Ayala. „Berichte dem König, daß du mich sicher durch das Leere Land getragen hast."
Die Stute erhob sich. Einige Augenblicke blieb sie mit gesenktem Kopf vor dem Mädchen, das ihr über die Mähne strich, stehen. Dann galoppierte sie hinein in die Wüste, geradewegs auf die erwachende Sonne zu. Ayala sah Shita immer noch nach, als sie schon lange nicht einmal mehr das Trommeln der Hufe hören und den aufgewirbelten Sand sehen konnte.
Dann ging sie vorsichtig auf die hohe Mauer zu. Seltsame Geräusche waren dahinter zu hören. Aufmerksam blickte sie sich um. Nicht weit entfernt entdeckte sie ein Tor in diesem unüberwindbaren Wall.
Wurde da ein großer Schlüssel ins Schloß gesteckt? Klang es nicht, als ob ein mächtiger Sperriegel entfernt würde?
Ayala blieb stehen. Der Kauz saß stumm auf ihrer Schulter. Seine Augen waren nur noch schmale, vor Spannung und Aufregung funkelnde Schlitze. Das Tor wurde geöffnet. Es schwang leicht und fast lautlos nach innen auf. Ayala nahm ihren ganzen Mut zusammen. Mit Sissara im Gürtel, Harmus in der Hand, Danja am Hals und dem Kauz auf ihrer Schulter, trat sie durch das Tor.
„Guten Tag, kleines Mädchen", hörte sie eine freundliche Stimme, bei der sie trotzdem zusammenzuckte. „Wie kommst denn du hierher?"
Vor Ayala stand ein großer Mann mit einem langen Speer in der Hand.
„Ich..., ich bin durch die Wüste geritten, aber nun ist mein Pferd nicht mehr hier", stotterte Ayala. Sie wußte auch nicht genau, warum sie dem großen Mann verschwieg, was sie hier in der Stadt wollte. Vielleicht, weil ihr irgend etwas an ihm seltsam vorkam.

„Na, dann geh nur hinein in die Stadt", meinte er. „Ohne Pferd wirst du ja wohl kaum zurück durch die Wüste wollen."
Ayala nickte nur, senkte den Blick und lief los. Erst nach einiger Zeit wagte sie, zurückzusehen. Zwei bewaffnete Wächter standen beim Tor und beobachteten die Straßen der Stadt. Für die weite Wüste hatten sie keinen Blick übrig. Seltsam, überlegte Ayala, sollen Wächter eine Stadt nicht vor unerwünschten Eindringlingen beschützen? Sie lief weiter und sah sich aufmerksam um. Der Kauz hatte nicht übertrieben. Die Häuser waren grau und lagen staubbedeckt unter der frischen Morgensonne. Die ersten Menschen kamen aus den Türen. Niemand schien Ayala zu bemerken. Mit leicht gesenktem Kopf und hängenden Schultern strebten sie neben- und hintereinander durch die Straßen. Sie nahmen alle denselben Weg, sprachen aber kein Wort miteinander. Und plötzlich wußte Ayala, was in dieser Stadt fehlte. Es gab keine Farben. Nirgendwo. Nicht an den Häusern, nicht auf den Straßen, nicht einmal an den Menschen konnte sie fröhliche, bunte Farben sehen. Alles verschwamm in staubigem Grau, fleckigem Braun und traurigem Schwarz. Ayala selbst war der einzig bunte Farbtupfer in dieser Stadt.
Sie folgte den vielen, vielen Menschen, die sich jetzt auf den Straßen befanden. Auf einem weiten Platz, gerade am Fuße des Hügels mit den seltsam geformten Felsen, stockte der Menschenstrom. Alle schienen auf etwas zu warten.
„Meinst du nicht, wir sollten hier verschwinden?" flüsterte der Kauz.
Ayala konnte nicht antworten, da gerade in diesem Augenblick der dumpfe Klang einer Glocke ertönte. Noch ehe der Ton verhallt war, begannen die Menschen auf dem Platz hin und her zu laufen. Einige schlugen am Fuße des Hügels auf die harten Felsen ein. Die losgebrochenen Steine wurden von anderen aufgelesen, weitergereicht und in großen Körben fortgetragen. Wohin, das konnte Ayala nicht sehen. Verwundert ließ sie ihren Blick über den weiten Platz streifen. Niemand sprach mit seinem Nebenmann. Ja, es kam so-

gar kaum einmal vor, daß sich die Blicke zweier Menschen trafen.
Am anderen Ende des Platzes entdeckte Ayala einen kleinen Tisch, an dem ein Mann in einer Uniform saß. Er beobachtete die Menge, und manchmal schrieb er etwas in ein großes Buch. Dort würde sie sicher Auskunft bekommen. Ayala zögerte nicht länger.
Sie mußte vielen hastenden, schwitzenden, steinschleppenden Menschen ausweichen. Obwohl Ayala immer freundlich grüßte, erhielt sie nie eine Antwort.
Endlich hatte sie den Platz überquert. Mit einer spitzen Feder schrieb der Mann gerade etwas in sein Buch. Als er aufsah, bemerkte er Ayala. Zuerst schien er ein wenig unsicher und zögernd. Doch dann erhob er sich, klopfte den Steinstaub aus den Kleidern, setzte eine schwarze Mütze auf und beugte sich ein wenig über den Tisch.
„Das ist aber eine Überraschung", begann er. „Ein neuer Mensch, noch dazu mit einem kleinen Kauz. Seit wann bist denn du in unserer schönen Stadt?"
„Ich bin heute morgen gekommen", antwortete Ayala und wich einen Schritt zurück. „Was ist das für eine Stadt, und was tun all diese Menschen hier?" fragte sie dann.
„Nur nicht zuviele Fragen auf einmal", bekam sie zur Antwort. „Sag du mir zuerst, was dich hierher geführt hat?"
Ayala überlegte fieberhaft. Konnte sie diesem Mann hier vertrauen? Warum eigentlich nicht? Und so erzählte Ayala von ihrem blauen Elefanten und daß sie hoffe, hier in dieser Stadt würde ihr weitergeholfen.
„Aber natürlich", strahlte sie der Mann an, als Ayala mit ihrem Bericht zu Ende war. „Du hättest keinen besseren Ort für deine Suche wählen können als unsere Stadt hier. Komm mit!"
Eilig schritt der Mann davon. Ayala rannte hinter ihm her. Der Kauz hatte Mühe, sich auf der Schulter des Mädchens festzukrallen. Nein, ihm gefiel die ganze Sache hier überhaupt nicht.
Inzwischen hatten sie ein großes Gebäude erreicht. Eine breite, staubbedeckte Steintreppe führte zu einer metalle-

nen, schwarzen Tür. Davor stand ein Wächter mit einem Speer.
„He, du da!" fuhr er Ayala an, als sie die Treppe hinaufgingen. „Leg dein Schild ab und gib das Schwert her!"
Ayala runzelte die Stirn. Sie wollte doch niemandem etwas zuleide tun. „Nein", sagte sie fest. „Dies sind Geschenke des Königs von Umbaralla. Ich werde sie nicht hergeben."
Der Mann mit der schwarzen Mütze tauschte einige Worte mit dem grimmig blickenden Wächter. Dann winkte er Ayala zu sich. „Wir werden heute noch eine Ausnahme machen. Behalte Schwert und Schild und folge mir."
Mürrisch trat der Wächter ein wenig zur Seite und gab den Weg frei.
„Vor was fürchten sich die Menschen hier?" wollte Ayala wissen, als sie in das düstere Dunkel einer großen Eingangshalle traten. Der Mann mit der schwarzen Mütze schwieg und überlegte. Dann antwortete er: „Weißt du, wir sind Waffen einfach nicht gewohnt, und deshalb haben wir es auch nicht gerne, wenn andere Menschen bewaffnet sind."
Ayala sah den Mann ungläubig an. Dieser wich ihrem Blick aus.
Der Kauz flüsterte dem Mädchen ins Ohr: „Dafür sind die Spieße der Wächter hier aber ganz schön spitz!"
Erstaunt und erschrocken blickte sich der Mann um: „Was war das? Wer hat hier gesprochen?"
„Der Kauz", gab Ayala kurz zur Antwort.
Mit aufgerissenen Augen musterte der Mann den Kauz auf Ayalas Schulter. Dessen Augen verzogen sich zu schmalen, unergründlich schwarzen Schlitzen.
„Dieser Vogel hier kann sprechen? Ein sprechender Kauz?"
„Du wirst es nicht glauben", krächzte dieser unerschrocken, „ich kann sogar denken!"
Staunend murmelte der Mann vor sich hin: „Ein sprechender Kauz. Das ist ja schöner als der schönste Traum."
Nachdem sie lange, menschenleere Korridore durchschritten hatten, blieben sie vor einer Tür stehen. Der Mann atmete tief ein, strich sich die Weste glatt und rückte die Mütze auf seinem Kopf zurecht. Dann klopfte er leise und trat zwei

Schritte zurück. Ayala beobachtete ihn verwundert.
„Eintreten!" forderte eine scharfe Stimme. Der Mann räusperte sich, öffnete die Tür und schob Ayala in einen halbdunklen Raum. Schwere Vorhänge an den Fenstern verwehrten jedem Sonnenstrahl den Weg in dieses Zimmer. Ayala fühlte sich sehr unwohl.
„Wer ist das?" herrschte eine kalte Stimme den Mann an, der seine Mütze verlegen zwischen den Händen drehte.
„Dieses Mädchen ist heute morgen in die Stadt gekommen. Sie sucht ihren Traum, einen blauen Elefanten, der aus seinem Rüssel Blumen regnen lassen kann."
„Das ist aber ein schöner Traum", die Stimme hinter dem großen Tisch klang nun ein wenig freundlicher. „So etwas haben wir hier noch nicht." Hinter einem breiten Tisch erhob sich eine kleine Gestalt. „Na, dann komm mal her, mein Mädchen. Ich glaube schon, daß wir dir helfen können."
Ayala zögerte. Sie hatte kein gutes Gefühl. Der Kauz saß still auf ihrer Schulter. Auch er zitterte vor Anspannung.
„Der Kauz, Hoher Herr", begann Ayalas Begleiter wieder, „der Kauz dieses Mädchens kann sprechen."
„Oh", sagte der kleine Mann und kam auf Ayala zu. Obwohl es nicht hell war in dem Zimmer, trug er eine dunkle Brille. „Einen sprechenden Kauz hast du auch noch. Das ist ja sehr interessant. Daraus müßte etwas zu machen sein."
Ayala verstand nicht, was dies heißen sollte, und wich zurück.
„Nur ruhig. Setz dich hierhin." Der kleine Mann berührte Ayalas Schulter und deutete mit der anderen Hand auf einen Holzstuhl. „Und du kannst wieder gehen. Wir werden dich nicht vergessen", bedeutete er dem Mann, der Ayala hierher geführt hatte. Dieser drehte sich um und verschwand.
„So, mein Mädchen", begann der kleine Mann mit der dunklen Brille und nahm wieder hinter dem großen Tisch Platz. „Nun erzähl mir mal von deinem Traum. Sag mir jede Einzelheit. Alles ist wichtig. Nur so können wir dir helfen."
Während Ayala, zunächst zögernd, doch dann immer schneller, ihren sommerhimmelblauen Elefanten beschrieb und dabei keine noch so klitzekleine Einzelheit ver-

gaß, bewegten sich die Hände des Mannes geschwind über einen Papierbogen. Als sie schließlich schwieg, sah sie der kleine Mann starr an. „Ist das alles?" wollte er wissen.
„Ja", erwiderte Ayala leise.
„Na, dann komm mal her." Ayala erhob sich langsam und ging um den Tisch.
„Ist das dein blauer Elefant?" Der Mann deutete auf das vor ihm liegende Papier.
Ayala sah genauer hin. Tatsächlich, der Mann hatte den Elefanten gemalt. Sogar die vielen bunten Blumen, die er trompetend aus seinem Rüssel blies, hatte er nicht vergessen. Fassungslos betrachtete Ayala das Bild. „Genau so sieht er aus. Das ist er. Mein sommerhimmelblauer Elefant."
„Dann können wir dir auch helfen, kleines Mädchen." Der Mann mit der dunklen Brille erhob sich. „Schon morgen kannst du deinen Traum sehen. Wir werden dir deinen sehnlichsten Wunsch erfüllen!"
„Aber wie...", wollte Ayala fragen, doch sie wurde unterbrochen. „Laß das nur unsere Sorge sein", erhielt sie zur Antwort. „Geh zurück zu dem, der dich hierher gebracht hat. Er soll dir ein Quartier zuweisen."
Sie wurde zur Tür geführt. Dort bekam sie zwei wunderschön blinkende Perlen. „Sag dem Mann, er soll dich in den Traumpark führen und dir alles erklären." Damit schob er Ayala auf den kahlen, leeren Korridor und schloß die Tür.
Benommen stand sie da. Der Kauz schüttelte sich auf ihrer Schulter: „Wenn hier alles mit rechten Dingen zugeht", flüsterte er, „will ich nicht mehr der Kauz vom Alten Wald sein!"
„Er hat versprochen, daß ich morgen meinen sommerhimmelblauen Elefanten sehen kann", versuchte Ayala ihr eigenes Unbehagen zu beschwichtigen. „Warum nicht abwarten und sehen was kommt?"
„Wenn es dann nicht schon zu spät ist", verkündete der Kauz und knabberte unruhig an ihrem Ohr. „Ich habe hinter die dunkle Brille des Mannes geschaut. Er hat böse Augen. Kalte Augen. Augen ohne Leben."

„Was sollen wir tun, Kauz?" Ayala wurde hin- und hergerissen zwischen einer unbekannten Furcht und dem Wunsch, morgen endlich ihren blauen Elefanten sehen zu können. „Was weiß ich?" gab dieser zurück. „Aufmerksam sein und die Augen offenhalten."
Schweigend ging Ayala, verfolgt vom Echo ihrer Schritte, durch die leeren Korridore. Als sie das Gebäude verließen, sah ihnen der Wächter mit böse verkniffenem Gesicht nach.
Zurück auf dem großen Platz beobachtete Ayala den Mann mit der schwarzen Mütze. Er füllte viele Seiten seines dikken Buches mit kleinen Strichen. Die vielen Menschen auf dem weiten Platz schlugen noch immer Steine, reichten sie anderen weiter, die damit irgendwohin hasteten. Niemand sprach ein Wort, sang ein kleines Lied oder lachte. Die Sonne stand schon tief, als wieder jene dumpfe Glocke schlug. Mit steifen Bewegungen klopften sich die Menschen den Staub von der Haut und strichen sich über die Haare. Dann und wann schien jetzt sogar der eine oder andere zu lächeln.
„Was tun all diese Menschen hier?" fragte Ayala den Mann, der jetzt sein Buch zuklappte und den Stift in der Jackentasche verschwinden ließ. „Sie helfen mit, die große Mauer weiter zu befestigen", bekam sie zur Antwort. „Aber warte noch ein wenig. Ich bin noch nicht fertig."
Er trat neben den Tisch und zog aus einer Schublade einen schweren Lederbeutel, den er vor sich legte. Die Menschen gingen an dem Mann vorbei, und jeder bekam zwei Perlen aus dem Lederbeutel. Danach strömten sie auseinander, als ob sie etwas sehr Wichtiges zu erledigen hätten.
„Du sollst mir den Traumpark zeigen", sagte Ayala, als der Lederbeutel so leer war wie der weite Platz, „und ein Quartier für die Nacht."
„Schlafen kannst du in meinem Haus. Und zum Traumpark wäre ich jetzt auch gegangen", erwiderte der Mann. „Also komm einfach mit."
Je weiter sich die beiden von dem großen Platz am Fuße des Hügels entfernten, umso fröhlicher und ausgelassener wurde der Mann.

„Wie heißt denn dein Kauz?" wollte er wissen.
Empört richtete sich dieser auf Ayalas Schulter auf. Seine großen runden Augen sprühten Funken. „Mir gibt niemand einen Namen", krächzte er den Mann an. „Und außerdem gehöre ich, wenn überhaupt, immer noch mir selbst! Und sonst niemand!"
„So war es doch nicht gemeint", beschwichtigte ihn der Mann. Dann schien er seine Frage schon wieder vergessen zu haben. Der Kauz jedoch sah ihn mit bitterbösen schwarzen Augen an. Er würde schon herausfinden, was hier nicht stimmt. Das nahm er sich fest vor.
Wieder waren die Straßen menschenleer. Niemand saß am Fenster oder stand vor seiner Tür.
„Wo sind denn all die Menschen hin?" wollte Ayala wissen.
„Na zum Traumpark!" lachte der Mann.
Nach einiger Zeit erreichten sie eine wuchtige Mauer. „Das ist der Schutzwall gegen den Großen Ozean", erklärte der Mann an Ayalas Seite stolz. „Noch ist er nicht ganz fertig, aber wir arbeiten jeden Tag daran."
Ayala konnte das Rauschen der Wellen hören. „Weshalb wird hier eine Mauer gebaut?" fragte sie neugierig.
„Weil sonst die Menschen den ganzen Tag unnütz am Meer sitzen würden, anstatt für ihre Träume zu arbeiten."
Noch viele Fragen brannten Ayala auf der Zunge. Doch sie schwieg. Immer unverständlicher wurde ihr diese Stadt mit ihren Menschen.
Sie erreichten ein weitgespanntes Portal, das von Blumen umrankt war. „Hier sind wir", sagte der Mann, „das ist der Eingang zum Traumpark. Komm mit."
Voller Freude sprang Ayala zu den Blumen. Bisher hatte sie noch keine einzige Pflanze in dieser Stadt gesehen. Doch als sie nach einer der Blumen griff, um daran zu riechen, mußte sie voller Erstaunen feststellen, daß nicht der leiseste, zarteste Duft dieser Blüte entströmte.
„Was machst du denn da?" wollte der Mann erstaunt von ihr wissen. „Duften denn diese Blumen nicht?" Ayala sah ihn mit großen Augen an.
Verständnislos schüttelte der Mann den Kopf.

„Da wo ich herkomme, riecht die Welt an schönen Tagen überall nach Blumen." Traurig sah Ayala die Blüten an.
„Na ja, das kann ja sein", erwiderte der Mann. „Hier duften sie eben nicht. Aber das ist ja auch nicht notwendig. Schließlich sind sie ja schön bunt. Komm, ich zeige dir den Traumpark."
Er zog sie mit sich fort. Unter dem Portal stand ein Wächter, der wieder einen scharfgeschliffenen Speer in den Händen hielt. Vor ihm lag ein geöffneter Beutel. „Wirf eine Perle hinein", sagte der Mann an Ayalas Seite, „und der Traumpark steht dir offen." Er selbst legte vorsichtig eine kleine Perle in den schon prall gefüllten Beutel. Der Wächter nickte.
„Komm schon!" rief der Mann. „Mach es so wie ich!"
Ayala tat wie ihr geheißen. Auch ihr nickte der Wächter zu, und so konnten sie in den Traumpark gehen.

*

Auf den ersten Blick glaubte sich Ayala in einer anderen Welt. In einer Ebene, die von kniehohen Hecken durchzogen war, standen viele kleine, buntschillernde Kuppelzelte. Nie hätte sie gedacht, daß es so etwas in der Grauen Stadt geben würde. Ayalas Führer rieb sich erwartungsvoll die Hände: „Na, mit welchem Traum wollen wir anfangen?"
Das Mädchen sah ihn verwirrt an. Ihn schien dies aber wenig zu kümmern. „Als erstes zeige ich dir meinen Lieblingstraum."
Er eilte voraus, auf eines der kleinen Zelte zu. Bedächtig raffte er den Stoffvorhang zur Seite und ließ das Mädchen eintreten. Inmitten der kleinen Zeltkuppel leuchtete Ayala ein Berg aus Edelsteinen entgegen, der wenigstens so hoch war wie sie selbst. „Die schönsten Diamanten der Welt", flüsterte ihr Führer mit glänzendem Blick. „Davon habe ich geträumt, seit ich träumen kann."
Auch Ayala war beeindruckt. Daran konnte auch das verächtlich gekrächzte: „Plunder! Nichts als Plunder!" des Kauzes nichts ändern. Lange stand sie vor den blinkenden und

leuchtenden Edelsteinen und ließ sich einfangen von dem strahlenden Glanz. Auch der Mann an ihrer Seite war versunken in den Anblick seines größten Traumes. Erst nach einiger Zeit bemerkte Ayala die dicken, eisernen Gitterstäbe, welche einen undurchdringlichen Kreis um die Edelsteine schlossen. „Warum ist dein Traum denn eingesperrt?" fragte sie ihren Begleiter, der immer noch mit weit geöffneten Augen auf den unermeßlichen Schatz starrte. „So kannst du ihn ja nicht einmal berühren."
Dieser lächelte verlegen wie ein Junge, der eigentlich zu groß geworden war für sein Spielzeug. „Glaub mir, es ist besser so. Früher haben sich alle meine Träume verflüchtigt. Der hier kann mir nicht mehr weglaufen. Ihn kann ich sehen, wann immer ich eine Perle für ihn übrig habe."
Ayala wußte nicht, was sie davon halten sollte. Der Kauz ließ nur ein verächtliches Schnalzen vernehmen. Dann schüttelte er heftig seinen Kopf und schloß die Augen.
Endlich riß sich der Mann vom Anblick der Diamanten los: „Komm, ich zeig dir, was es hier noch alles gibt. Du wirst staunen! Aber beeile dich, nicht mehr lange, und das Blumentor wird geschlossen."
„Ist denn in jedem Zelt ein Traum?" wollte Ayala wissen. Der Mann nickte. „Natürlich! Das ist ja schließlich unser Traumpark!"
„Wetten, daß die auch alle eingesperrt sind?" flüsterte der Kauz, und Ayala konnte die versteckte Wut in seiner Stimme hören. „Morgen steht dann in einem dieser kleinen Zelte dein blauer Elefant, und du kannst ihn dir hinter Gittern ansehen wann immer du willst! Wach auf, kleine Prinzessin! Oder ist es das, was du gesucht hast?"
Ayala schüttelte den Kopf. „Nein, natürlich nicht!" gab sie ebenso leise zurück. „Aber warte doch. Ich will mir alles genau anschauen. Noch verstehe ich überhaupt nichts."
Sie lief hinter dem Mann her, der schon vorausgeeilt war. Auf ihrem Weg durch den Park, vorbei an den buntschillernden Zelten, trafen Ayala und ihr Begleiter immer wieder auf Menschen, die selig lächelnd durch die Heckenwege schritten oder in irgendeinem Zelt verschwanden.

„Das hier wird dir sicher gefallen", unterbrach der Mann Ayalas wirbelnde Gedanken. Er steuerte auf ein Zelt zu, vor dem eine lange Reihe geduldig wartender Menschen zu sehen war. Es dauerte einige Zeit, bis sie selbst vor dem Eingang standen. „Du wirst sehen, das Warten hat sich gelohnt", behauptete Ayalas Führer, als er ihr den Vortritt ließ. Und wirklich, so etwas hatte das Mädchen noch nie gesehen: Umschmeichelt von einem türkisfarbenen Seidentuch, thronte eine goldene Flöte auf einem Altar aus Alabaster. Eine zärtliche Melodie erfüllte den Innenraum des Zeltes. Die sanften Töne tanzten durch die Luft. Noch nie hatte Ayala ein so schönes und friedliches Lied gehört. Selbst der Kauz schien diesen einschmeichelnden Klang zu genießen. Er hatte die Augen geschlossen und wiegte seinen Kopf sachte im Takt hin und her. Was störten da die Gitterstäbe, die sich um die Zauberflöte schlossen?
Ewig hätte Ayala den Lauten dieses Wunders lauschen können. Doch der Mann drängte zur Eile: „Komm! Es gibt noch viele schöne Träume. Wenigstens einen will ich dir noch zeigen, bevor der Park geschlossen wird."
Er zog sie mit zu einem naheliegenden Zelt: „Der Traum darin", erklärte er, „wurde von niemandem hier geträumt. Er ist ein Geschenk. Keiner weiß von wem. Und doch ist er allen sehr vertraut."
Voller Erwartung betrat Ayala das Innere dieses Traumzeltes. Schon beim ersten Blick verschlug es ihr den Atem. In Kerzenlicht getaucht, lächelte ihr eine schneeweiße Feengestalt entgegen. Alles an diesem Wunderwesen war weiß: ihr Haar, ihr Gewand, ihre Schuhe, selbst die Augen. Weiß wie Schnee. Aber mit einem Mal, Ayala erschrak fast zu Tode, stand statt der lächelnden Fee ein gräßlich grinsender Mann vor ihr. So schwarz wie die finsterste Gewitterwolke. Rabenschwarz. Pechschwarz. Kaum hatte sich Ayalas Verwunderung über diese plötzliche Verwandlung gelöst, sah sie auch schon wieder die weiße, liebliche Fee. Gleich darauf aber wieder den grausig wirkenden Mann. Je länger Ayala hinschaute, umso weniger wußte sie, was sie nun wirklich sah. Im Grunde konnte sie weder Fee noch Mann

genau erkennen. Zu schnell wechselten die Gestalten. Oder war es gar so, daß die weiße Fee und der häßliche Mann ein und dieselbe Figur waren? Ayala versuchte vergeblich hinter das Geheimnis zu kommen. Ihr Führer mußte sie schließlich fast mit Gewalt aus dem Zelt zerren: „Wir müssen uns beeilen", erklärte er ihr. „Gleich schlägt die Glocke, und der Traumpark wird geschlossen. Wir werden bestraft, wenn wir dann noch hier sind."

Inmitten vieler Menschen rannten sie zurück zum Blumenportal und gingen dann zu den grauen Häusern. Ayala wunderte sich, daß ihr Führer auf Anhieb seine Tür fand, denn hier sah alles gleich aus. Sehr gesprächsbereit wirkte er nicht mehr. Dabei hätte Ayala noch so viele Fragen gehabt. Doch er wies ihr eine Kammer mit einem Schlaflager zu und verabschiedete sich mit den Worten: „Ab morgen kannst auch du etwas für deinen Traum tun. Ich werde dich wecken!"

Ehe Ayala diese Worte enträtseln konnte, war er verschwunden. Der Kauz, welcher die ganze Zeit schweigsam auf Ayalas Schulter ausgeharrt hatte, konnte sich nun nicht mehr zurückhalten: „Ich sage dir, diese Stadt, samt ihrem Traumpark, ist ein einziger fauler Zauber. Du kannst jetzt also auch für deinen Traum arbeiten! Hat man so etwas schon gehört? Das tun sie also alle, diese stummen Menschen auf dem großen Platz. Und, hast du gesehen, auf dem Hügel sind nur diese seltsamen Felsen. Aber glaube mir, heute Nacht wird dort wieder die düstere Burg erscheinen. Wir müssen hier raus, ehe ein Unglück geschieht!"

„Und wo sollen wir hin?" Ayala sah den Kauz mit großen, traurigen Augen an. „Zurück nach Umbaralla können wir nicht, und auch den Alten Wald erreichen wir ohne Shitas Hilfe nie. Die Wüste dazwischen ist viel zu groß." Angestrengt runzelte sie die Stirn. „Wir müssen herausbekommen, was in dieser Stadt wirklich geschieht. Sonst werde ich nie einen Weg zu meinem Traum finden!"

Beide schwiegen beklommen. Dann bereitete sich Ayala ihr schmales Bett und legte sich hinein. „Versuche du, den Hügel auszukundschaften, während ich ein wenig schlafe.

Komm zurück, wenn die Burg wirklich wieder dort oben erscheint und wecke mich. Aber begib dich nicht in Gefahr."

Der Kauz seufzte: „Zauberburgen erforschen in einer fremden Stadt. Was für ein Leben? Mäuse könnte ich jagen, jetzt, im Alten Wald, oder Wittov ein wenig ärgern. Na ja", er schlug mit den Flügeln, „da ich nun schon mal hier bin, werde ich mich wohl ein wenig nützlich machen."

Lautlos flog er durch das offene Fenster und verschwand in den dunklen Schatten zwischen einigen großen, unbeleuchteten Häusern.

Ayala sah ihrem gefiederten Gefährten nach, solange es die dicke Mauerumrandung des Fensters erlaubte. Dieser Kauz, dachte sie, ist wirklich mehr als ein Vogel. Er ist ein Freund, wie Shita, die mich sicher durch die Wüste gebracht hat. Kein anderes Pferd hätte dies vermocht. Bei diesen Gedanken wanderte ihr Blick hinüber zu Harmus und Sissara, die an der Wand lehnten. Morgen würde sie Schwert und Schild abgeben müssen. Und plötzlich spürte Ayala eine aufkeimende Unruhe. Was, wenn alle Menschen, die auf dem großen Platz Steine brachen, auch irgendwann einmal aufgebrochen waren, um zu ihrem Traum zu finden? Was, wenn sie sich in dieser Stadt am Rande der Wüste einfach mit den eingesperrten Träumen abgefunden hatten? Immer wirrer kreisten Ayalas Gedanken um den seltsamen Traumpark. Unerreichbar blieben dort die Träume hinter den dicken Gitterstäben. Wollte sie wirklich ihren wunderschönen, sommerhimmelblauen Elefanten in einem dieser Zelte eingesperrt sehen? Nein! Ayala war sich jetzt sicher: Sie würde Harmus und Sissara nicht aus der Hand geben! Hier gab es noch zu viel, was nicht erklärt werden konnte.

Sie kuschelte sich unter die dünne Decke. Vielleicht würde der Kauz etwas herausfinden, dachte sie. Dann schloß sie die Augen und überließ sich den weichen Armen des Schlafes.

*

Es war dunkel und totenstill als Ayala verwirrt aufschreckte.
Mit aufgerissenen Augen schaute sie umher. Sie sprang zum Fenster. Hoch am Himmel konnte sie, verborgen hinter einigen schwarzen Wolken, den Lichtkranz des Mondes erkennen. Es war schon weit nach Mitternacht. Wo war der Kauz? Etwas mußte geschehen sein!
Ayala zögerte nicht länger. Leise gürtete sie sich Sissara um und griff zu Harmus. Lautlos glitt sie durch das Fenster auf die Straße. Vorsichtig schlich sie durch die grauen Gassen, in denen sich schmutzige Nebelfetzen an die Hausmauern klammerten. Endlich stand das Mädchen auf dem weiten Platz vor dem Hügel. Und, wie es der Kauz erzählt hatte, ragte darauf eine verfallene Burgruine in den Nachthimmel. Die schwarzen, spitzen Felsen, die Ayala am Tage gesehen hatte, waren einfach verschwunden.
Vorsichtig, sich immer wieder aufmerksam umblickend, begann Ayala emporzusteigen. Die Graue Stadt blieb unter ihr zurück. So leise wie möglich kletterte sie über Felsbrocken und klammerte sich an niedriges Gestrüpp. Dann hatte sie endlich eine zerfallene Steinmauer erreicht. Es bereitete ihr keine Schwierigkeit, durch einen schmalen Spalt, ins Innere des Gemäuers zu schlüpfen. Vor ihr lag ein steiniger Platz, der vor vielen, vielen Jahren wohl einmal ein Burghof gewesen sein mußte. Ayala erschauderte. Dies war wahrlich kein angenehmer Ort. Die nachtschwarzen Schatten der Mauern ähnelten unergründlichen, gefahrvollen Höhlen. Ein leichter Wind, der wohl vom Meer kam, trieb vertrocknetes, knisterndes Laub vor sich her, das sich in Mauerritzen verfing. Erst als Ayala ganz sicher war, daß sich sonst nichts auf dem Burghof bewegte, verließ sie den schützenden Schatten der verfallenen Mauer und schlich auf die Ruine zu. Sie zuckte zusammen und stand wie angewurzelt, als ein kleines, flackerndes Licht hinter einer halb zerfallenen Türöffnung aufleuchtete. Es mußte also doch jemand hier sein! Ayala hielt den Atem an, schloß die Augen und lauschte angestrengt. Außer dem beständigen Wispern des Windes und dem Rascheln der trockenen Blätter auf

dem Hof hörte sie jedoch nichts. Langsam tastete sie sich weiter auf die Türe zu und sah vorsichtig in den Raum. An einer von Ruß geschwärzten Steinwand war eine fast heruntergebrannte Fackel befestigt und warf ihr unruhiges Licht auf eine Felstreppe, die in die Tiefe führte. Sonst war alles kahl und leer. Wenn doch nur der Kauz hier wäre! Ayala fröstelte vor Angst. Sie biß sich auf die Lippen. Dann huschte sie, lautlos wie ein Schatten, auf die Treppe zu.
Ein kalter Lufthauch streifte das Gesicht des Mädchens, als es angestrengt hinunter starrte. Die flackernde Flamme der Fackel beleuchtete nur einige Stufen der steil in undurchdringliches Dunkel führenden Treppe. Ayala sah sich nochmals in dem kahlen Raum um. Die Decke war zerborsten. Sie konnte den wolkenverhangenen Nachthimmel sehen. Es gab keine andere Möglichkeit. Der einzige Weg führte hinab in diese schwarze Tiefe. Ayalas Hand umklammerte den kühlen Griff Sissaras. Dann stieg sie langsam und zögernd die Steinstufen hinab. Wie eine riesige Schlange wand sich die Treppe abwärts. Schon bald konnte Ayala nicht einmal mehr den schwachen Schein der Fackel wahrnehmen. Immer wieder aufmerksam lauschend, ging sie weiter. Von den Wänden tropfte kaltes, nach Moder stinkendes Wasser. Die Treppe schien kein Ende zu nehmen. Tiefer und tiefer führten sie die Stufen unter die geheimnisvolle Ruine.
Endlich erreichte sie einen breiten, hohen Gang. Jetzt hörte sie, irgendwo vor sich, ein fernes dumpfes Dröhnen, Stampfen und Schlagen. Kurz zögerte sie noch, dann tastete sie sich weiter. Die Geräusche wurden lauter und lauter. Und plötzlich stieß Ayalas Hand gegen einen festen Widerstand. Sie stand vor einer geschlossenen Tür.
Vorsichtig drückte sie den Griff nach unten. Sie öffnete die Tür nur einen winzigen Spalt. Grellweißes Licht floß ihr entgegen. Das Dröhnen, Stampfen, Stoßen, Schlagen war jetzt sehr laut. Und dann, mit einer Kraft, gegen die sie sich nicht wehren konnte, wurde ihr die Tür aus der Hand gerissen, und sie stürzte hinein in den hell erleuchteten Raum. Als sie sich hastig aufrappelte, zuckte ihre Hand zu Sissara.

Vor ihr standen zwei große, weißgekleidete Männer. Mit einem dumpfen Schlag fiel die Tür ins Schloß. Ayala wirbelte herum. Aber auch hinter ihr standen zwei Männer. „Komm mit!" befahl einer, und Ayala blieb nichts weiter übrig, als in der Mitte der vier Männer durch den großen, lichtdurchfluteten, lärmerfüllten Raum zu gehen. Vor einer geöffneten Tür blieben die Männer stehen. „Hinein!" wurde ihr bedeutet. Lautlos schloß sich die Tür hinter Ayala, und der Lärm verstummte.

Vor ihr, in stechend hellem, kaltem Licht, saß ein Mann in einer weißen Uniform. Er sah ihr mitten ins Gesicht, und schon bei seinem ersten Satz fror es Ayala entsetzlich. Kein Messer der Welt konnte so scharf sein wie der Klang dieser drei Worte: „Freut mich, Ayala!"

Die Hand des Mannes wies auf einen Stuhl: „Setz dich und laß dich beglückwünschen." Er lachte leise, und in Ayalas Ohren klang dies Lachen wie knirschendes Eis. „Du bist bei den Hütern der Träume angekommen."

Ayala ließ sich zitternd auf dem angebotenen Sitz nieder. Ihr Gegenüber schien zu ahnen, was sie fragen wollte. „Natürlich hast du von uns noch niemals etwas gehört. Und niemand wird auch von uns erfahren, ehe wir es wollen. Du verstehst hoffentlich?"

Ayala verstand nur zu gut. Sie saß in der Falle, ohne jedoch zu wissen, in welcher. Ihre Hand umklammerte den Griff Sissaras. „Nicht doch", die Stimme ihres Gastgebers wurde noch eisiger. „Wir sind deine Freunde, wenn du der unsere bist. Komm mit, ich zeig dir ein wenig von dem, was wir hier tun!"

Ohne eine Antwort abzuwarten, erhob er sich und schritt federnd auf eine Wand des Raumes zu, die sich wie auf ein geheimnisvolles Zeichen öffnete. Ayala hatte Mühe nachzukommen.

Sie schritten durch viele, kalkweiß getünchte Zimmer, in denen ihnen Gestalten, die Ayalas Führer wie aus dem Gesicht geschnitten waren, freundlich, aber ohne Wärme zulächelten. Schließlich standen sie in einer weiten, hohen Halle. Der Mann wies ins weiße Rund: „Dies ist unsere

Traumwerkstatt. Hier können wir alle Träume fertigen, die es auf der Welt gibt. Was auch immer sich ein Mensch wünschen und erträumen kann, wir stellen es her. Und mehr noch. Wir können sogar Träume Wirklichkeit werden lassen, an die noch niemand, nicht einmal im Traume, gedacht hat." Sichtlich stolz und mit sich zufrieden, breitete der Mann beide Arme aus und drehte sich langsam im Kreis.
„Hier", fuhr er dann mit glitzernden Augen fort, „werden wir auch den Traum aller Träume schaffen. Er wird für alle Menschen das Schönste sein, was sie sich vorstellen können. Dafür zu leben, wird sich lohnen. Für sie", er lächelte kalt, „und für uns!"
Ayala sah den Mann fassungslos vor Entsetzen an.
„Verstehst du denn nicht?" Vor Aufregung hatte der Mann sie bei den Schultern gepackt und flüsterte weiter: „In allen Städten dieser Welt werden wir Traumparks bauen, und wir brauchen nur einen einzigen Traum dort ausstellen. Den Traum aller Träume. Jeder wird ihn wollen und bekommen, wenn er mit uns zusammenarbeitet!"
„Aber jeder Mensch hat doch seinen eigenen Traum. Etwas, was nur für ihn da ist. Etwas, was nur er sich erträumen kann." Ayala begriff immer noch nicht.
„Das ist es ja gerade!" Die Augen des Mannes leuchteten in kaltem Feuer. „Wozu soll das gut sein? Wie viele Träume werden nie erfüllt? Wir werden den einen und einzigen Traum schaffen, den die Menschen brauchen. Noch sind wir nicht ganz soweit. Aber lange kann es nicht mehr dauern. Jeden Tag bringen unsere Helfer mehr und mehr Träume zu uns. Hier werden sie nach unserem Plan neu geschaffen. Und irgendwann werden wir genügend Träume besitzen, um daraus den einen großen Traum zu fertigen. Wir werden ihn der Welt geben, und die Menschen können ihn sich jeden Tag ansehen. Dadurch erst werden die Menschen wirklich frei sein, verstehst du, Ayala? Wir geben den Menschen den Traum, der alle anderen Träume aufwiegt. Wenn wir dies erreicht haben, brauchen die Menschen nicht mehr sinnlos ihren eigenen, kleinen Träumereien nachhängen. Sie werden sogar ihre Alpträume vergessen,

frei sein für Wichtigeres im Leben und dennoch das Glück des einen großen Traumes jeden Tag genießen können."
„Und wie soll dieser Traum aller Träume aussehen?" wollte Ayala wissen.
„Noch ist es nicht soweit", erwiderte der Mann. „Aber wenn wir erst die Träume aller Menschen untersucht haben, wird es ein leichtes sein, daraus den einen großen Traum zu fertigen."
Der Mann zog Ayala mit sich. „Schau, hier wird gerade dein eigener Traum fertiggestellt. Ist er nicht schön, dein sommerhimmelblauer Elefant? Ich finde, er ist uns sehr gut gelungen."
Fassungslos starrte Ayala auf das, was da vor ihr stand. Tatsächlich, wie sie es geträumt hatte, sah sie dort einen blauen Elefanten. Seinen Rüssel hatte er in die Höhe gestreckt und es schien als würden jeden Augenblick Blumen daraus hervorregnen.
„Er ist fast fertig", erklärte der Mann stolz.
Ayala stand wie angewurzelt. Starr und ohne Leben blickten die großen Augen auf das Mädchen hinunter. Dieser Elefant, das fühlte sie sofort, war bestimmt genauso kalt und herzlos wie der Mann an ihrer Seite.
„Und wenn ihr euren großen Traum fertig habt, werden die Menschen auf der ganzen Welt so leben wie hier in der Grauen Stadt!" stieß Ayala schließlich verbittert hervor. Sie sah sich nochmals den blauen Elefanten an, der leblos vor ihr stand. „Niemals werde ich euch meinen Traum geben!" schrie sie dann, und schon blitzte Sissara in ihrer Hand. „Niemals!"
Bevor der Mann sie daran hindern konnte, schlug sie auf den Elefanten ein. Immer und immer wieder. „Das ist nicht mein Traum", schluchzte sie dabei, und Tränen rannen ihr über die Wangen. Sie hörte nicht, was der Mann an ihrer Seite brüllte. Aber im selben Moment sah sie sich umringt von vielen weißgekleideten Männern, die langsam näherkamen.
„Wehr dich, Prinzessin", krächzte plötzlich eine vertraute Stimme in die bedrohliche Stille. „Wehr dich, oder es geht dir wie mir!"

Ayalas Kopf flog herum. Tatsächlich, am anderen Ende des Raumes konnte sie den Kauz in einem Käfig erkennen. „Schau, daß du hier rauskommst! Aber beeile dich!" Die Stimme des Kauzes klang matt und kraftlos.
Ayala zögerte nicht länger. Wie ein leuchtender Blitz zuckte Sissara in ihrer Hand. Die Männer wichen erschrocken zurück, und das Mädchen konnte sich ohne Mühe einen Weg zum Käfig des Kauzes bahnen. „Vorsicht, Kauz! Duck dich!" schrie Ayala. Dann durchschlug sie mit einem einzigen, gewaltigen Schlag die Gitterstäbe des Käfigs.
„Gut gemacht!" jubelte der Kauz, als er wie ein Pfeil aus dem Käfig schoß. Ayala rannte hinterher.
Der Kauz hatte inzwischen das andere Ende der großen Halle erreicht. Aufgeregt flatterte er umher. „Irgendwo hier führt ein Weg hinaus!" sagte er, als Ayala ihn atemlos erreicht hatte. „Ich habe gesehen, wie jemand den Raum durch diese Wand verlassen hat!"
Gehetzt schaute Ayala zurück. Die vielen weißgekleideten Männer waren verschwunden. Nur ihr Führer stand noch in der Mitte der Halle. „Komm zurück, Ayala!" schrie er ihr zu. „Komm zurück, oder wir vernichten dich!"
Der Kauz landete auf ihrer Schulter. „Der Spiegel" wisperte er Ayala ins Ohr. „Ich glaube, der Spiegel ist eine Tür!"
Mit aller Kraft schlug Ayala das Schwert in die glänzende Spiegelfläche. Und richtig! Dahinter verbarg sich ein dunkler Gang. Der weißgekleidete Mann in der großen Halle lachte böse und kalt. „Du wirst uns nicht entkommen, Ayala!"
„Los doch", ermunterte der Kauz das zögernde Mädchen. „Zurück können wir nicht. Und schlimmer als das, was hinter uns liegt, kann das vor uns gar nicht werden."
Er sollte sich irren.

*

Ohne zurückzusehen, stürmte Ayala weiter. Der Kauz wies ihr den Weg durch das dämmrige Dunkel. Dann gabelte sich der Gang.

„Wohin jetzt?" wollte sie keuchend wissen.
„Hier entlang", entschied der Kauz. „Dort hinten kann ich eine Treppe erkennen. Sie führt hinab. Vielleicht gibt es einen Ausgang am Fuße des Hügels, und wir können irgendwie aus der Stadt flüchten."
Hunderte von Stufen hastete Ayala hinab, bis die Treppe sie in einen breiten, hell erleuchteten Höhlengang entließ.
Der Kauz schüttelte besorgt den Kopf: „Irgend etwas stimmt hier nicht!"
Vorsichtig, immer wieder zurück schauend, ging das Mädchen weiter. Der Kauz saß auf ihrer Schulter. Außer dem aufgeregten Pochen ihres Herzens, dem hastigen Atmen und dem Geräusch ihrer eigenen Schritte, war nichts zu hören.
Dann entdeckte sie den ersten Spiegel. Mächtig hing er an einer Wand des Ganges, umrahmt von goldgefaßten Ornamenten. Als Ayala hineinsah, erschrak sie. Unbeschreiblich kalt und unnahbar wurde ihr Ebenbild zurückgeworfen. Zögernd berührte sie die Spiegelfläche.
„Vorsicht, Ayala!" Der Kauz schien sich nicht sehr wohl zu fühlen. „Der Spiegel gefällt mir nicht!"
„Er ist aus Eis. Aber er ist doch keine Gefahr für uns?" Obwohl sich Ayala sehr zuversichtlich geben wollte, schwang auch in ihrer Stimme eine ängstliche Unsicherheit.
Langsam und vorsichtig schlich sie weiter. Es dauerte nicht lange, da erreichten sie den zweiten Eisspiegel. Dann den dritten. Immer dichter aneinandergereiht hingen sie jetzt an der Wand des Ganges. Und jeder warf ihr Spiegelbild noch kälter zurück als der vorige.
Die Luft wurde eisig.
Ayala fröstelte.
Der warme Hauch ihres Atems schwebte wie eine dichte Wolke vor ihrem Gesicht.
Der Kauz plusterte sein Gefieder, so weit er konnte, und trotzdem zitterte er vor Kälte wie eine aufgeregte Gans.
„Die eisigen Spiegel sind sicher das Werk dieser weißgekleideten Traummacher!" krächzte er. „Sie wollen, daß wir erfrieren oder umkehren!"

„Wir werden nicht umkehren!" Ayala schlotterte inzwischen vor Kälte. Und noch immer folgte ein eisiger Spiegel dem anderen.

Dann sah Ayala etwas, was sie aufschreien ließ: „Kauz, sieh doch! Wir werden immer kleiner! Wir schrumpfen!"
Die Warnung des Mädchens ließ den Kauz stutzen. Er sah sie an. Nein! Sie war genauso groß und schön wie zuvor. Dann blickte er in einen der Spiegel, und für einen Moment verschlug es ihm den Atem. Ayala hatte recht. Er selbst war in dem Spiegel höchstens noch so groß wie einer dieser widerlichen Koboldkauze, und das Mädchen, auf dessen Schulter er saß, sah aus wie ein verschrumpeltes Gnomenkind.

Ihm kam ein fürchterlicher Gedanke. Sollte niemand diesen eisigen Gang durchqueren können, weil er zuvor entweder erfroren oder bis zur Unkenntlichkeit geschrumpft war? Der Kauz kannte die Menschen nur zu gut. Sie fühlten sich klein oder groß, kalt oder warm, je nachdem, wie sich ihr Leben in den Augen der anderen widerspiegelte. War es dies, was die herzlosen Fremden hier Wirklichkeit werden ließen?

Halb blind vor Kälte stolperte das Mädchen weiter und weiter. Immer kleiner wurden die Spiegelbilder der beiden. Und Ayala wurde matter und müder. Schließlich schloß sie die Augen ganz und wankte: „Ich kann nicht mehr, Kauz. Ich glaube, ich bin schon selbst ganz aus Eis!" Erschöpft taumelte sie noch einige Schritte weiter, dann sank sie zu Boden.

„Ayala", krächzte der Kauz verzweifelt. „Steh auf!"
„Nur ein wenig ausruhen", seufzte das Mädchen. „Laß mich wieder zu Kräften kommen."

„Nicht!" schrie der Kauz, so laut er konnte. Wild mit den Flügeln schlagend, hüpfte er neben ihren Kopf, zupfte sie an den Haaren und kniff ihr ins Ohr.

Aber, war es nun die Erschöpfung, die eisige Kälte oder ein böser Zauber, Ayala lächelte nur verloren, und die Stimme des Vogels drang nicht in ihren tiefen Schlaf.

„Danja", rief dieser hilflos und pickte aufgeregt gegen das Amulett aus Regenbogenedelsteinen. „Danja! Tu etwas! Hilf uns!"
Und so, als ob der Kauz das Amulett wirklich zum Leben erweckt hätte, begann dieses zu blinken und zu funkeln. Dann, mit einem Donnerschlag, der den Kauz erschreckt aufschreien ließ, schleuderte Danja eine der Sternschnuppen, die es noch in sich trug, in den eiskalten Spiegelgang. Ein grellweißer Blitz zuckte auf, und in seiner zischenden Hitze verbogen sich die vergoldeten Rahmen, und die großen Spiegel aus Eis zerschmolzen dampfend zu Wasser.
Verwirrt und geblendet fuhr Ayala hoch. „Wo bin ich? Was ist geschehen?"
„Ach, gar nichts", meinte der Kauz, plusterte sich stolz auf und hüpfte auf den Bauch des Mädchens. „Ich habe dir nur ein wenig das Leben gerettet. Sonst nichts." Umständlich begann er die Federn seines linken Flügels zu ordnen.
Ayala sah sich um. Sie erkannte, was geschehen war, und senkte beschämt den Blick. „Ich bin wohl eingeschlafen?" fragte sie den Kauz leise.
„Eingeschlafen!" stieß dieser empört aus, „eine Tote hätte ich wohl leichter wecken können, als dich aus deinem Schlaf zu reißen!"
Ayala erhob sich. Die eisige Luft des Ganges war mit den Spiegeln verschwunden. „Vielen Dank, Kauz", sagte sie und hauchte den Vogel behutsam an. Dieser räkelte sich in dem warmen Atem und gab schließlich zu: „Weißt du, Danja hat mir ein wenig dabei geholfen, dich zu retten."
„Danke, Danja." Ayala hob das Amulett an die Lippen. Dieses blinkte ganz verlegen. Wegen einer einzigen Sternschnuppe soviel Dankeschön...

*

Langsam und vorsichtig ging sie weiter. Der Kauz flatterte voran und kehrte immer wieder auf ihre Schulter zurück. Tiefer und tiefer hinab führte sie der breite Gang.

Dann, nach einer kleinen Biegung, endete der Weg an einer Felswand. Davor sah Ayala eine Öffnung am Boden, aus welcher gelblich brauner Nebel emporstieg.
Es stank entsetzlich.
„Was ist denn das?" Ayala legte den Ärmel ihres Umhangs schützend vor die Nase.
„Ich habe sie davon reden hören", sagte der Kauz, „diese weißgekleideten Männer, als sie aus mir einen ihrer Träume machen wollten. Stell dir das mal vor, Ayala! Sie wollten mich tatsächlich mit deinem Elefanten zusammen im Traumpark ausstellen."
„Wovon hast du die Männer reden hören?" unterbrach ihn Ayala.
„Ah ja!" Der Kauz beruhigte sich wieder ein wenig. „Dieser Hügel schwimmt auf einem Sumpf, in dem die Lügen der ganzen Welt versteckt sind. Sie lauern dort und ziehen jeden, der sich in ihre Nähe wagt, in die Tiefe hinab."
„Und was nun?" Ayala legte sich auf den Boden und versuchte, etwas zu erkennen.
Der Kauz schwieg. Er zuckte ein wenig mit den Flügeln und fragte dann: „Hast du oft gelogen, Ayala?"
Das Mädchen schluckte verlegen. „Eigentlich nicht", sagte sie dann. „Höchstens ein oder zwei Mal. Aber das waren keine schlimmen Lügen. Eher Notlügen."
„Ich glaube, der Sumpf kennt keinen Unterschied zwischen Lügen und Lügen", erwiderte der Kauz.
„Was soll das heißen?" wollte Ayala wissen.
„Ich sagte es ja schon", erklärte dieser. „Hier in diesem Sumpf modern die Lügen der Welt. Auch deine. Wenn du jetzt hinuntersteigst, um einen Weg durch den Sumpf zu finden, werden deine Lügen dich aufspüren und versuchen, dich hinabzuziehen, damit du an ihnen erstickst. Überleg dir also gut, ob du wagen kannst, durch den Sumpf zu gehen."
Ayala saß still und in sich gekehrt. Dann stand sie auf. Entschlossen strich sie sich das Haar aus dem Gesicht. Umkehren würde sie niemals!
„Kommst du mit?" fragte sie den Kauz und begann hinunterzuklettern.

„Aber natürlich", krächzte dieser. „Was hat ein Kauz schon viel zu lügen. Und außerdem, ich kann ja fliegen!"

*

Der dicke Nebel lag wie ein dichter Schleier vor ihr. In den nassen und glitschigen Wänden des Loches konnte sie jedoch grob behauene Stufen fühlen. Dann lichtete sich der Dunst, und ein schwaches, kaltes, blaues Flimmern durchdrang das Dunkel. Der fürchterliche Gestank raubte Ayala und dem Kauz den Atem. Vor ihnen lag ein zäher, schleimiger Morast. Immer wieder stiegen dicke Blasen an die Oberfläche und zerplatzten mit dumpfem Knall. Über ihnen verlor sich das weite, naßglänzende Felsgewölbe einer riesigen Höhle in der Dunkelheit. Der Kauz verbarg seinen Kopf in den Haaren Ayalas. Mühsam keuchte er: „Nun mach schon! Lieber untergehen, als diesen ekelhaften Gestank weiter ertragen zu müssen!"
Der Sumpf packte Ayala, kaum daß sie drei Schritte gegangen war. Wie ein zäher Brei waberte er um ihre Füße, umklammerte ihre Knöchel und hielt sie fest. Jeder weitere Schritt kostete mehr Kraft. Der schwere Morast klebte an ihr, machte ihre Beine schwer, und um sie herum stiegen dicke Lügenblasen an die Oberfläche, zersprangen und stießen ihren ekelerregenden Atem aus. Keuchend rang Ayala nach Luft, während sie sich weiterkämpfte. Plötzlich brach gerade unter ihrem Fuß eine dieser fetten Blasen auf. Sie stolperte. Dann steckte sie bis zum Bauch im Sumpf. Das war sicher eine ihrer eigenen Lügen gewesen. Zum Glück trieb keine andere Blase zu ihr empor. Sonst wäre Ayala wohl ganz versunken. Mühsam konnte sie sich aus dem blubbernden Loch ziehen und weitergehen. Noch zwei Mal fiel sie in eine ihrer Lügenblasen. Jedesmal sank sie ein wenig tiefer in den Sumpf, konnte sich jedoch immer wieder befreien.
„Öfter habe ich bestimmt nicht gelogen", beruhigte sich Ayala selbst, als sie weiterwankte. „Öfter bestimmt nicht!"
„Hoffentlich hast du recht!" rief der Kauz, der aufgeregt über ihr flatterte.

Schließlich waren es noch mühevolle drei Schritte bis zu einem großen Stein, der trockenen und sicheren Halt versprach. Dann noch zwei. Und endlich gab es kein Schwanken und Zittern mehr unter Ayalas Füßen.
Sie hatte den Sumpf überwunden. Erleichtert taumelte sie weiter in die große Höhle hinein, bis sie auch den Gestank hinter sich gelassen hatte. Aufatmend sank sie zu Boden. Sorgfältig säuberte sie Sissara, Harmus und Danja. Der Kauz saß neben ihr, strich seine Federn glatt und legte jede einzelne dorthin, wo sie zu sein hatte. Als er damit fertig war, strahlten seine dunklen Knopfaugen wieder vor Abenteuerlust. Er beäugte die Umgebung. Nichts deutete auf eine Gefahr hin. Aufgeregt tippelte er hin und her: „Bleib du hier sitzen und ruh dich ein wenig aus!" bestimmte er. „Ich werde losfliegen und mich umsehen!"
Ayala nickte erschöpft und dankbar.

*

Sie mußte wohl eingeschlafen sein, denn es war das leise Flüstern des Kauzes, dicht an ihrem Ohr, welches Ayala aufschrecken ließ.
„Leise. Leise." bedeutete ihr der Kauz. „Nicht weit von hier, beginnen viele neue Höhlengänge. Ich bin in einige hineingeflogen und habe seltsame Stimmen gehört. Manche der Wege enden einfach. Es scheint ein verwirrendes Labyrinth zu sein."
„Wir müssen einen Weg hindurchfinden!" Ausgeruht erhob sich Ayala. „Komm, Kauz", sagte sie und ging los.
Schwarz und drohend tauchten oftmals seltsam geformte Felsen auf. Wasser tropfte gleichmäßig von der Decke. Das Gewölbe verengte sich. Dann standen Ayala und der Kauz vor vielen schwarzen Öffnungen im Fels. Das Mädchen tastete sich vorsichtig in den dunklen Höhlengang hinein. Weit entfernt glaubte Ayala ein beständiges Gemurmel und Geflüster zu hören. Aber sie war sich nicht sicher. Immer wieder gabelte und verzweigte sich der Gang. Ayala folgte den Anweisungen des Kauzes, der auf ihrer Schulter saß

und mit seinen scharfen Augen ihre Schritte tiefer und tiefer in das Labyrinth hineinführte.
Kaltes Wasser tropfte ihr auf Rücken und Kopf. Doch sie kümmerte sich nicht darum. Ein wenig hatten sich Ayalas Augen an die fahle Dunkelheit gewöhnt. Doch wo sie war oder wie sie jemals wieder zum Ausgang zurückfinden sollte, vermochte sie nicht zu sagen.
Der Kauz flog inzwischen vorsichtig vor ihr her.
Mehr und mehr reizte ein stechender, fremdartiger Geruch ihre Nase. Ayala atmete flach. Benommen wankte sie weiter. Der Kauz begann zu torkeln. Um ein Haar wäre er gegen die Felswand geprallt. Er stürzte zu Boden. Dort lag er geduckt, die Flügel ausgebreitet, und seine kleine, gefiederte Brust hob und senkte sich in schnellen Stößen. Hastig lief Ayala zu ihm und barg ihn in ihren Händen.
„Es muß ein Gift sein!" keuchte er. „Paß auf, dort vorne tropft es von den Wänden!"
Behutsam steckte Ayala den zitternden Vogel in eine Tasche ihres Umhangs. Dann rannte sie weiter. Sie wußte, daß sie so schnell wie möglich von hier wegkommen mußte. Jetzt sah sie auch, wie dicke, schwerflüssige Tropfen von der Decke fielen. Sie riß Harmus über ihren Kopf und Rücken. Ihr Herz raste, und ihr Atem überschlug sich. Die gehärtete Oberfläche des Schildes zischte und dampfte. Sie lief, so schnell es der Weg zuließ. Immer wieder stieß sie sich an Felsvorsprüngen, stolperte, taumelte und fiel auf die Knie. Doch sie gab nicht auf.
Und endlich weitete sich der enge Höhlengang ein wenig. Erschöpft hastete sie noch einige Schritte weiter. Der stechend schale Geruch des Giftes war verschwunden. Ayala legte Harmus auf den Boden. Die Oberfläche des Schildes war zernarbt und verbrannt. Dann sah sie sich um.
„Luft! Luft!" krächzte es plötzlich in ihrer Tasche. „Was ist? Soll ich hier ersticken? Krötensaft und Schnurpsenwurz! Hörst du mich denn nicht?"
Ayala griff in ihren Umhang und holte den Kauz heraus. Schwer atmend saß dieser auf ihrem Arm: „Na, das wird ja auch Zeit! Was ist denn los? Wolltest du mich ersticken?

Oder wie? Oder was?" Aufgebracht schüttelte er sich.
„Ach, weißt du", erwiderte Ayala leichthin, „ich habe dir nur ein wenig das Leben gerettet. Sonst ist eigentlich nichts passiert."
Aufgeregt blinkten die Knopfaugen des Vogels: „Wann, wie, wo? Du? Mir?"
„Ach, laß nur", winkte Ayala ab. „Wir haben den Höhlengang mit dem Gift überwunden. Aber was nun?"
„Laß mich nur machen", sagte der Kauz und sträubte seine Brustfedern. „Dazu bin ich ja da! Nicht wahr? Ich werde dir den richtigen Weg schon zeigen!" Er versuchte einige tippelnde Schritte auf Ayalas Arm und wollte die Flügel ausbreiten.
„Hopsa", rief er. „Du mußt deinen Arm schon ruhig halten!"
Ayala, die wohl gesehen hatte, daß der Kauz vor Schwäche das Gleichgewicht verloren hatte, strich ihm sachte über den Kopf: „Laß es gut sein, Kauz. Komm, ruh dich ein wenig mit mir aus."
Zufrieden kuschelte sich dieser in ihre geöffnete Hand und schloß die Augen.

*

Ayala fand keine Ruhe. Die weißgekleideten Fremden hatten sie nicht verfolgt. Noch immer gellte das höhnische, siegessichere Lachen des Traumhüters in ihren Ohren. Gleich was noch in diesem Höhlenlabyrinth auf sie warten würde, sie mußte es überwinden. Denn einen Weg zurück, das wußte Ayala, gab es nicht.
Sie wartete geduldig, bis der Kauz seine Augen wieder aufschlug. Dann erhob sie sich.
„Bist du bereit?" fragte sie den Vogel und setzte ihn auf ihre Schulter.
„Natürlich!" krächzte dieser munter. „Glaubst du vielleicht, ich hätte geschlafen? Ich dachte nur, du brauchst ein wenig Ruhe!"
Ayala lächelte und sah den Kauz an. Dieser zwinkerte mit den Augen und verdrehte den Kopf.

Alle Sorgen und Ängste flohen in diesem Augenblick, denn Ayala begann zu lachen wie schon seit langem nicht mehr. Aus tiefstem Herzen freute sie sich über diesen gefiederten Gefährten, der sie auf ihrem Weg begleitete. Und damit hatte sie sich, freilich ohne es zu wissen, einen neuen Freund herbeigerufen. Denn dieses Lachen fand seinen Weg aus der finsteren Höhle zu einem verborgenen Ort. Dort weckte es einen schlummernden Regenbogen, der in Windeseile in den Himmel stieg.

Mit neuem Mut schritt Ayala auf die Öffnung in der Felswand zu. Wieder lag ein Höhlengang vor ihr. Sie hörte jetzt ganz deutlich leise Stimmen, unverständliches Flüstern und zischelndes Lachen. Ihre Hand umklammerte den Griff des Schwertes. Lautlos schlich sie weiter.

Und dann durchdrang eine Stimme, die Ayala wohlbekannt war, mit eisiger Schärfe das Dämmerlicht: „Niemand entkommt uns, wenn wir seinen Traum haben. Auch du nicht, Ayala!"

Das Mädchen zuckte zur Seite, versuchte mit aufgerissenen Augen das fahle Licht zu durchdringen, konnte aber nichts entdecken.

„Bemüh dich nicht!" spottete die Stimme weiter, und Ayala lief ein kalter Schauer über den Rücken. „Du kannst mich nicht sehen. Wir haben jeden deiner Schritte verfolgt. Unsere eisigen Spiegel haben dich weder erfrieren lassen noch klein bekommen. Der Sumpf der Lügen hat dich nicht verschlungen, und sogar unser unüberwindbares Gift der Angst, das bisher noch bei jedem gewirkt hat, konntest du abwehren. Aber nun sitzt du in der Falle!"

„Was wollt ihr denn von mir?" schrie Ayala so laut in die Dunkelheit der Höhle, daß das Echo ihrer Stimme noch lange wie leiser Donner zu hören war.

„Wir werden dich vernichten!" In der Stimme des Traumhüters klang keine Wut oder Freude. Sie war nur kalt, unendlich kalt und bestimmt. „Du wolltest nicht mit uns zusammenarbeiten, und wir können nicht zulassen, daß du einen Weg zurück in dein Dorf findest. Unsere Arbeit ist zu wichtig. Du wirst sie uns nicht zerstören!"

„Aber ich will doch nichts zerstören", schrie Ayala verzweifelt. „Ich will doch nur zu meinem Traum, denn Wittov hat gesagt, damit kann er die Menschen von ihrer Angst befreien!"
„Diesen alten Zauberer werden wir uns als nächsten vornehmen", hörte das Mädchen die Stimme wieder. „Lange genug hat er mit seinen versponnenen Gedanken die Menschen von den wirklich wichtigen Dingen im Leben abgehalten."
„Er will doch nur, daß die Menschen wieder glücklich sind und lachen können." Ayalas Stimme wurde leiser. „Das kann doch nicht gefährlich für euch sein!"
„Wir werden die Menschen auf unsere Art glücklich machen", erklärte die eisige Stimme bestimmt. „Und wer damit nicht einverstanden ist, der muß vernichtet werden. So wie du!" Ein frostiges Lachen hallte durch die Höhle. Die Stimme schwieg.
Ayala spürte, wie kalter Schweiß über ihr Gesicht rann.
„Was jetzt, Kauz?" flüsterte das Mädchen zu Tode erschrocken.
„Wir haben keine Wahl", gab dieser zurück und schlug mit seinen Flügeln.
Ayala war auf alles gefaßt. Als vor ihr plötzlich ein heller, durchscheinender Schatten auftauchte, zuckte sie zusammen, doch sie spürte keine Furcht. Fest entschlossen, sich nicht aufhalten zu lassen, ging sie weiter und griff Sissara. Dann schlug sie zu. Die Gestalt wich zurück und löste sich auf, wie kühler Nebel unter den Strahlen der Sonne. Irgendwo vor Ayala begann es zu flüstern und zu murmeln. Und dann brachen von allen Seiten Stimmen auf das Mädchen ein.
„Uns entkommst du nicht", zischelte es hinter ihr. Ayala wirbelte herum, das Schwert zuckte in ihrer Hand. Doch dem seltsamen Schatten, der da über die Felsen geisterte, konnte Sissara nichts anhaben.
„Du kannst uns nicht besiegen!" höhnte es von allen Seiten, und wohin Ayala auch schaute, krochen, schlichen, stapften und hasteten Schattengeschöpfe auf sie zu.

„Kauz!" Ayala spürte, daß sie ihre Angst nicht länger abwehren konnte. „Was soll ich tun? Kauz! Sieh doch, die Schatten!"
Der Kauz saß auf ihrer Schulter. Den Schnabel halb geöffnet, drehte und wandte er den Kopf. „Ayala?" krächzte er dann fassungslos. „Was ist? Ich sehe keine Schatten!"
Diese hörte die Worte des Vogels kaum. Voller Entsetzen schlug sie mit Sissara hierhin und dorthin. Doch das Schwert aus Umbaralla konnte keinem dieser unheimlichen Schatten etwas anhaben. Verzweifelt schrie Ayala auf. Dann rannte sie los, ohne sich noch weiter um den Kauz zu kümmern, der sich nicht mehr auf ihrer Schulter hatte halten können.
„Ayala! Nicht!" der Kauz flatterte vor ihrem Gesicht. Sie versuchte ihn mit einer unwirschen Bewegung zur Seite zu stoßen. Der Vogel wich aus und flog dann wieder aufgeregt vor ihren Augen hin und her. „Hier sind keine Schatten! Bleib stehen!"
Das Mädchen ließ sich jedoch nicht aufhalten. Weg, nur weg von diesen schrecklichen Gestalten, die sie verfolgten und vernichten wollten! Tränen der Angst und Hilflosigkeit brannten in Ayalas Augen, als sie blindlings weiterstürmte.
Plötzlich kreischte der Kauz entsetzt auf. Sein scharfes Auge hatte in der Dunkelheit der Höhle eine neue Gefahr bemerkt. Das Mädchen rannte geradewegs darauf zu.
Mit gespreizten Klauen stürzte sich der Kauz in Ayalas Haar und klammerte sich fest. Die ausgebreiteten Flügel schlugen wild vor ihren Augen.
„Nicht!" Ayalas Stimme überschlug sich vor Angst. „Sie werden mich vernichten! Laß mich!"
Doch so sehr sie sich auch mühte, der Kauz ließ sich nicht abschütteln.
„Du rennst in eine Falle! Bleib stehen!" forderte er eindringlich. Da seine Flügel ihr jede Sicht versperrten, blieb ihr nichts anderes übrig.
Als der Kauz sich aus ihren Haaren befreit hatte, schaute Ayala verstört hinter sich. Nur ihr eigener Schatten und der

schwache Umriß des Kauzes waren zu sehen. Sonst nichts. So angestrengt Ayala auch in den Höhlengang starrte, es gab nichts, vor dem sie hätte davonrennen müssen. Die Schattengestalten waren weg. Mit großen Augen wandte sie sich an den Kauz.

„Es gab nichts Fremdes oder Gefährliches", erklärte ihr dieser. „Du bist vor deinem eigenen Schatten geflüchtet. Und das wäre fast dein Ende gewesen! Schau, was hier auf dich wartet!" Er deutete mit dem Kopf nach vorne. Ayala folgte seinem Blick. Sie war sprachlos vor Entsetzen.

Vor ihr, nur wenige Schritte entfernt, bewegte sich ein Stück des Ganges. Wie ein riesiger Haifischrachen, bespickt mit spitzen Tropfsteinen, die aus dem Boden wuchsen und von der Decke hingen, wartete hier ein Teil der Höhle darauf, sie zu zermalmen.

Wäre sie in ihrer blinden Panik weitergestürmt, hinge sie jetzt wohl schon aufgespießt zwischen diesen Steinen.

Aber noch bevor Ayala erleichtert aufatmen konnte, kündigte sich neues Unheil an. Staub und Geröll rieselten von der Decke auf sie herunter. Steine begannen sich zu lösen und polterten mit donnerndem Getöse herab. Die Felsen bekamen Risse, und die Erde schwankte wie bei einem Erdbeben.

„Der Gang stürzt ein!" schrie der Kauz. „Lauf los, Ayala!" „Aber wohin denn?" Die Gedanken des Mädchens rasten. Hinter ihr brach der Höhlengang zusammen, und vor ihr warteten diese mahlenden Tropfsteine darauf, sie zu vernichten.

„Nimm Sissara!" hörte sie den Kauz durch das Getöse der berstenden und stürzenden Felsen. „Zerschlag die Steinzähne!"

Mit der Kraft der Verzweiflung stürmte Ayala auf die Tropfsteine zu, Sissara in der Hand. Das Schwert begann in einem kalten, tödlichen Flimmern zu leuchten, als seine Schneide den ersten Stein funkensprühend zertrümmerte. Wie ein Blitz zuckte es in Ayalas Hand hierhin und dorthin und schlug dem Mädchen einen Weg durch die mahlenden Steinzähne. Keiner der Tropfsteine konnte diesem Wunderschwert standhalten. Zerschlagen bröckelten sie zur Erde. Und endlich bewegte sich nichts mehr in dem Höhlengang. Ayala rannte, bis sie einen großen, gewölbten Raum erreichte. Hoch über ihr spannte sich eine Kuppel aus festem Fels. Sie schaute sich um. Es führte kein Weg weiter. Hier war alles zu Ende. Und hinter ihr wirbelte noch der dichte Staub des eingebrochenen Ganges.

Müde sank Ayala zu Boden. Sissara legte sie neben Harmus auf die Erde. Die Schneide des Schwertes war schartig und die Klinge stumpf.

„Es gibt keinen Weg mehr", flüsterte sie dann hoffnungslos und vergrub ihr Gesicht zwischen den Händen.

„Es gibt immer einen Weg!" tröstete sie der Kauz, obwohl ihm selbst das Gefieder schlotterte. „Man muß ihn nur sehen wollen!"

Als das Mädchen nicht antwortete, sondern stumm den Kopf hängen ließ, sprach er weiter: „Shita ist nicht mehr hier, Sissaras Schneide nicht mehr zu gebrauchen, und auch Harmus kann dir keinen Schutz mehr geben. Aber noch hast du Danja, den vierten Gefährten aus der Regenbogenstadt. Und Danjas Macht ist groß."

„Wie sollte mir denn das Amulett hier helfen können?" fragte Ayala traurig, und ihre Finger strichen über Danjas Steine.

„Nimm es ab und gib es mir!" befahl der Kauz.

„Aber wozu denn?" wollte Ayala wissen.

„Nun mach schon", der Kauz wippte ungeduldig von einem Bein auf das andere.

Da Ayala keine bessere Idee hatte, löste sie Danja von ihrem Hals und reichte das Amulett dem Kauz. Dieser nahm es vorsichtig in seinen gekrümmten Schnabel. Dann flatterte er los, hinauf in die weite Höhe der Höhlenkuppel. Suchend schwebte er dort zwischen spitzen Tropfsteinen und scharfkantigen Felsen. Und endlich fand er, wonach er gesucht hatte. Versteckt in einem Winkel der Kuppel, weit über dem Grund der Grotte, drang ein winziger Lichtstrahl, kaum mehr als ein kleiner Funke, zwischen den Felsen hindurch. Aufgeregt wandte der Kauz den Kopf, um Ayala die gute Nachricht zuzurufen. Er besann sich jedoch gerade noch rechtzeitig darauf, daß er das Regenbogenamulett im Schnabel hielt.

*

Ayala versuchte vergeblich zu erkennen, was mit Danja geschah. Plötzlich leuchtete ein heller Lichtstrahl bis hinab auf den Grund der düsteren Höhle. Erschrocken sprang sie zur Seite. Dicht unter dem festen Rund der Felskuppel schimmerte das Regenbogenamulett. Es fing das Licht des Tages ein und warf es zu Ayala hinunter. Die Steinwände neben Danja bekamen Risse. Die winzige Öffnung wuchs und wuchs. Schon konnte Ayala die Sonne sehen, die sich in den leuchtenden Edelsteinen des Amuletts spiegelte. Danjas Kraft ließ die Kuppel der Höhle funkeln und blitzen. Zwischen den nackten, grauen Felsen tauchte ein wunderschöner Regenbogen auf. Seine Farben flossen durch die Öffnung in der Kuppel bis vor Ayala. Diese stand wie angewurzelt und starrte fassungslos hinauf. Dann kniff sie sich in den Arm. Der Regenbogen war immer noch da. Sie schloß die Augen und riß sie wieder auf. Die leuchtenden Farben verschwanden nicht.
Wie hätte Ayala auch wissen können, daß Danja jenem Regenbogen, den sie durch ihr Lachen zu sich gerufen hatte, jetzt einen Weg in die Höhle wies.
„Na, ist das was?" jubelte der Kauz und schoß wie ein jagender Falke aus der Höhe herab. „Los, oder brauchst du eine besondere Einladung? Nun steig schon hoch!"
„Aber ich, ich kann doch nicht...", stotterte Ayala und deutete hilflos auf den Regenbogen.
„Doch, du kannst!" ermunterte sie der Kauz. „Du mußt! Denk an die Worte des Königs. Das fünfte Geheimnis bist ganz alleine du. Nur du! Willst du zu deinem Traum oder willst du nicht? Glaubst du an deinen Traum oder nicht?" Er klappte den Schnabel abwartend auf und zu und flatterte ein Stück den Regenbogen hinauf.
Ayala sah verwirrt zu ihm hoch. Sie selbst sollte das fünfte Geheimnis sein? Unschlüssig musterte sie den Regenbogen.

Würde er sie tragen? Entschlossen, daran nicht zu zweifeln, verabschiedete sie sich mit einem dankbaren Blick von Harmus und Sissara. Sacht berührte sie den Regenbogen. Er war warm und fest.
Prüfend kletterte sie ein Stück an ihm hoch. Sie fiel nicht. Der Kauz ermunterte Ayala, wie eine Glucke ihr frischgeschlüpftes Kücken, als sie sich am Regenbogen emporzog. Sie sah kein einziges Mal zurück. Ihr Blick war nach oben gerichtet, auf die rettende Öffnung in der Felskuppel, die näher und näher kam. Schon wollte Ayala nach Danja greifen. Da schlug der Kauz warnend mit den Flügeln: „Nicht!" rief er entsetzt. „Laß Danja liegen, sonst bricht der Regenbogen zusammen und du fällst hinunter!"
Schweren Herzens ließ sie das Amulett zurück und zwängte sich durch die enge Öffnung hinaus in das Licht des Tages. Immer noch hielt sie den Regenbogen fest umklammert. Unter ihr glitzerte und funkelte das Amulett. Ayala fiel jedoch auf, daß es sich verformt hatte. Immer mehr schmolz Danja zusammen. Dann, mit einem letzten seufzenden Zischen, verglühte das Amulett. Die Farben des Regenbogens in der dunklen Höhle begannen zu zittern. Sie wurden blasser, dann fahl und verschwanden schließlich völlig.
Tosend brach ein Teil des Kuppeldaches ein. Ayala schauderte vor Schreck. Doch schon begann sich der Regenbogen davon zu lösen und in den Himmel zu steigen. Ayala preßte sich mit aller Kraft an ihn. Sie sah zurück und staunte. Der Hügel mit den seltsam geformten Felsen sank mit ohrenbetäubendem Krachen in sich zusammen. Eine riesige Wolke aus Staub und Rauch blieb zurück. Die Menschen der Grauen Stadt liefen wirr durcheinander und flüchteten über die eingestürzte Mauer zum Meer.
Viele deuteten zu Ayala und dem Regenbogen empor. Das Mädchen glaubte, auf den Gesichtern der Menschen ein verblüfftes Staunen und bei manchen sogar ein Lächeln entdecken zu können, bevor die Graue Stadt von den ersten weißen Wolken weggewischt wurde.
Über Ayala war nur noch endlos weiter Himmel, und unter ihr kräuselten sich die Schaumkronen des Meeres.

„So möchte ich auch mal fliegen!" prustete der Kauz, der sich mühen mußte, damit ihm das Mädchen auf dem Regenbogen nicht davonflog.

*

Schon bald spürte Ayala, daß sie nicht mehr aufwärts in den blauen Himmel stiegen. Leicht wie eine kleine Feder schwebte sie mit dem Regenbogen wieder hinab. Unter sich konnte sie eine kleine Insel inmitten des Ozeans erkennen.
„Wenn das nicht deine schwimmende Insel ist", krähte der Kauz vergnügt in ihr Ohr, „will ich nie mehr meinen Wittov ärgern! Das schwöre ich bei allen Mäusen, die mir heilig sind!"
Ayala strahlte vor Freude. Auch sie war der festen Überzeugung, daß sie endlich ihr Ziel erreicht hatte: die schwimmende Insel, auf der sie ihren sommerhimmelblauen Elefanten finden würde. Nachdem der Regenbogen das Mädchen abgesetzt hatte, flimmerte er noch ein wenig in der Mittagssonne. Dann stieg er so leise in den Himmel, daß Ayala kaum Zeit fand, sich von ihm zu verabschieden.

*

Seit Stunden streifte sie mit dem Kauz über die kleine Insel, die sanft in den Wellen schaukelte. Kreuz und quer war Ayala gelaufen. Bestimmt dreimal hatte sie jeden Fleck abgesucht, hinter jedes Gebüsch geschaut, war auf jeden noch so kleinen Hügel gestiegen. Nirgendwo hatte sie ihren sommerhimmelblauen Elefanten entdeckt. Selbst der Kauz schaute betrübt, sprach kein Wort und hatte es aufgegeben, suchend umherzufliegen.
Ayala war verzweifelt. Ihr Mut und ihr Glaube waren aufgerieben von dem langen Weg. Und dann weinte sie sich alle Traurigkeit der Welt aus dem Herzen. Ein kleines Meer aus Tränen floß aus ihren Augen auf die grüne Inselwiese. Fast schien es, als sollte sich Ayala zu Tode weinen. Doch

irgendwann war auch die letzte traurige Träne geweint und alle Verzweiflung davongeflossen. Mit nassen, verquollenen Augen blickte Ayala wieder auf. Rings um sie war die Wiese naß. Auf den Grashalmen glitzerten die Tränen wie Tau.
Ayala stutzte.
Dann beugte sie sich hinunter.
Kein Zweifel!
In all ihren Tränentropfen, die da in der Sonne glänzten, spiegelte sich ganz, ganz winzig, ein blauer Elefant.
Der Kauz, der bislang schweigend neben ihr gesessen war und den Kopf unter einen Flügel gesteckt hatte, hüpfte auf ihre Schulter und rieb sich an der tränennassen Wange des Mädchens.
„Da ist er", flüsterte Ayala. „Schau doch. Hier, in den Tränentropfen, auf den Grashalmen."
Fassungslos riß der Kauz die Augen auf.
Je genauer Ayala in die Tränen auf den Grashalmen starrte, umso deutlicher sah sie, vor dem kleinen blauen Elefanten, sich selbst sitzen. Dies aber konnte nur bedeuten, daß der Elefant hinter ihr stehen mußte.
Und so war es.
Nicht anders.
Ayala wandte den Kopf, und ihr Blick und der des sommerhimmelblauen Elefanten trafen sich. Sie lachten sich an. Ayala, weil ihr unglaublicher Traum Wirklichkeit geworden war, und der Elefant, weil er sowieso gern und oft lachte.
„Wo warst du denn versteckt?" fragte Ayala endlich atemlos.
„Ich war doch immer hier. Ganz nahe bei dir!" dröhnte der Elefant und kringelte seinen Rüssel.
„Wo warst du?" lachte Ayala, da sie einen Scherz vermutete.
„Bei dir", gab der Elefant nun ernst zurück.
Er hatte Verständnis für Ayalas ungläubiges Staunen, und so erklärte er ihr das Geheimnis: „Auf dieser schwimmenden Insel kann jeder seinem sehnlichsten Traum begegnen. Wer hier jedoch aufgeregt und voller Hast nach seinem

Traum sucht, der wird nur Sträucher und Steine, Felsen und Hügel, Wiesen und Bäume sehen. Sonst nichts. Ich bin dir seit Stunden gefolgt. Über die ganze Insel und wieder zurück. Aber du bist ständig weiter und weiter gerannt. Erst als du geglaubt hast, mich nie finden zu können, und dir die ganze Verzweiflung aus dem Herzen geflossen war, da hast du mich endlich bemerkt. Weißt du, Ayala, wer seinen Traum sucht, muß eben auch ein wenig darauf warten, von ihm selbst gefunden zu werden."
Kopfschüttelnd war der Kauz die ganze Zeit neben den beiden gesessen. „Das versteh ein anderer", murmelte er ein ums andere Mal. „Das versteh ein anderer!"
Ayala jedoch begann zu strahlen. Ihr war zwar noch lange nicht alles klar. Aber was machte das schon. Ausgelassen tanzte sie über die Wiese. Und weil sie sich so freute, begann der Elefant aus seinem Rüssel jene wundersamen Blumen zu trompeten, welche die Herzen der Menschen wärmen konnten. Ayala kletterte auf seinen Rücken und wurde von farbenprächtigen Wunderblumen überschüttet. Ihr wurde ganz sonnig, und sie lachte laut und glücklich.
„Wir können zurück zu Wittov", rief sie. „Ich habe meinen Traum gefunden!" Ayala streichelte den Rüssel des blauen Elefanten. „Du wirst noch viele deiner Zauberblumen regnen lassen. Alle Menschen werden eine davon bekommen und wieder lachen können und glücklich sein, so wie ich!"
Der Elefant schüttelte sachte seinen Kopf. „Ganz so einfach wird es wohl nicht sein, Ayala. Mein Zauberrüssel verliert seine Kraft, sobald ich die schwimmende Insel verlasse."
„Aber wie soll Wittov ohne deine Wunderblumen den Menschen wieder Lachen und Glück zurückbringen können?" wollte Ayala bestürzt wissen.
Der Elefant seufzte: „Ayala, Wittov alleine kann dies nicht gelingen. Aber du kannst ihm helfen." Er stockte und schlug die Augen nieder.
„Wie?" bestürmte Ayala den neuen Freund. „Sag mir, was ich tun kann?"
Zwei dicke, große Tränen rannen dem Elefanten aus den Augen. „Du kennst doch die Geschichte vom Wunschbrunnen, oder?" begann er.

Ayala nickte: „Großmutter hat sie mir oft erzählt."
Der Elefant fuhr fort: „Dann weißt du wohl auch, daß dieser Brunnen manchmal hier und manchmal dort erscheint. Gerade so, wie es ihm gefällt?„
Wieder nickte Ayala.
„Diese schwimmende Insel hier", erklärte der Elefant, „ist sein Zuhause. Und er hat sich schon sehr lange nicht mehr auf den Weg zu den Menschen gemacht. Er fürchtet die unendliche Gier der Traumhüter. Wenn sie ihn in ihre Gewalt bekämen, wäre alles verloren!"
„Aber weshalb denn?" Ayala schüttelte verständnislos den Kopf.
„Weil sich viele Träume, bevor die Traumhüter sie in ihren Besitz nehmen konnten, in den Wunschbrunnen geflüchtet haben."
„Dann sind in dem Brunnen jetzt auch alle verlorenen Träume der Menschen, die in meinem Dorf wohnen?" Ayala begann zu verstehen.
„Ja", sagte der blaue Elefant. „Und du weißt, der Brunnen erfüllt dir jeden Wunsch, wenn du ihm deinen schönsten Traum schenkst. Jeden. Auch, daß alle Menschen wieder lachen und glücklich sein können."
„Aber", flüsterte Ayala hilflos, „mein schönster Traum? Das bist doch du! Ich soll dich hergeben, wo wir uns eben erst gefunden haben?"
Der Elefant schwang bedächtig seinen Rüssel: „Ja, Ayala. Nur so kannst du Wittov und den Menschen in deinem Dorf helfen!"
Traurig murmelte Ayala vor sich hin: „Aber ich wollte doch nur zu meinem sehnlichsten Traum. Ich wollte doch..."
Dann brach sie ab und sah lange hinaus auf die wogenden Wellen. „Gibt es keine andere Möglichkeit?"
Ihr Elefant schüttelte sein großes Haupt. „Nein", erwiderte er. „Komm, Ayala. Wir wollen den Brunnen suchen."
„Aber Wittov hat doch gesagt...", versuchte es das Mädchen nochmals.
„Genau. Genau!" meldete sich der Kauz zu Wort. „Mach jetzt keinen Fehler, Ayala. Geh mit deinem Elefanten zu

Wittov. Der wird schon wissen, was zu tun ist!"
Unsicher sah das Mädchen vom Kauz zum Elefanten und wieder zurück. Schließlich entschied sie sich, ihrem Traum zu vertrauen.
„Wie finde ich den Wunschbrunnen?" wollte sie von dem sommerhimmelblauen Elefanten wissen. „Ganz einfach", gab dieser fröhlich und zufrieden zurück, „du darfst ihn nicht suchen, laß dich von ihm finden."
„Mach bloß keine Dummheiten", flüsterte ihr der Kauz besorgt ins Ohr. „Wer weiß, was geschieht, wenn dieser seltsame Brunnen auftaucht?"
Ayala ließ sich nicht beirren. „Und wie finde ich etwas, was ich gar nicht suchen soll?"
„Komm einfach mit und freu dich an meinen Blumen", trompetete der Elefant und trabte munter über die Wiese. Ayala folgte ihm.
„Als ob nicht alles auch so schon schwer genug wäre!" seufzte der Kauz und flatterte hinter den beiden drein.

*

Der Elefant reichte dem Mädchen den weichen Rüssel. Wie alte Freunde spazierten sie über die Wiese. Nicht lange, und sie sahen einen kleinen, unscheinbaren Brunnen. „Ist er das?" wollte Ayala wissen. Der Elefant nickte. „Ja, er hat dich gefunden."
„Und was jetzt?" Das Mädchen stand vor dem Brunnen und sah den Elefanten fragend an.
„Na was wohl", krächzte der Kauz und ließ sich auf einem Stoßzahn des Elefanten nieder. „Wenn sich dein Freund hier nicht irrt, dann mußt du einfach deinen schönsten Traum diesem Brunnen schenken. Dafür kannst du dir dann etwas wünschen. Also los! Schlaf und träum!"
Unsicher setzte sich Ayala neben den Rand des Brunnens. „Einfach schlafen und träumen?"
Der Elefant nickte. „Nichts weiter", sagte er. „Nur das."
Das Mädchen legte sich auf die Erde, schloß die Augen und versank in einen tiefen Schlaf. Natürlich träumte sie von

ihrem sommerhimmelblauen Elefanten, denn dies war ihr sehnlichster und schönster Traum. Und während sie träumte, schenkte sie diesen, ihren liebsten Traum, dem geheimnisvollen Brunnen. Dann wünschte sie sich, daß die geflüchteten Träume emporsteigen sollen, damit die Menschen ihres Dorfes wieder lachen und glücklich sein können.

*

Als Ayala erwachte, war ein neuer Tag angebrochen. Die Sonne stand schon hoch am Himmel. Der Kauz saß neben ihr und sah ihr neugierig ins Gesicht.
„Was ist geschehen, Kauz?" Ayala richtete sich benommen auf.
„Allerhand, soweit ich sehen kann", antwortete dieser. Ein fröhliches Trompeten hinderte ihn am Weitererzählen. Erschrocken fuhr Ayala herum. Da stand ihr sommerhimmelblauer Elefant und lachte sie an.
„Aber...! Wieso bist du noch da?" stammelte Ayala. „Ich habe dich doch dem Brunnen geschenkt, damit die Träume zu den Menschen zurückkehren."
Mit aufgerissenen Augen starrte sie den Elefanten an.
„Ganz einfach", erklärte dieser. „Du hast deinen liebsten Traum hergeschenkt. Also mich. Nicht wahr?" Ayala nickte verwirrt.
„Na also", fuhr der Elefant lachend fort. „Der Brunnen hat dir deinen Wunsch erfüllt. Die Träume aller Menschen deines Dorfes sind wieder emporgestiegen. Und darunter fand sich eben auch der Traum eines Mädchens namens Ayala. Die hatte immerzu von einem sommerhimmelblauen Elefanten geträumt. Und deshalb bin ich jetzt hier."
Fassungslos und ungläubig musterte Ayala den Elefanten. Dann sah sie den Kauz an.
„Na ja", murmelte dieser, „es gibt eben mehr Dinge zwischen den Wolken, der Erde und dem Alten Wald, als du dir jemals wirst träumen lassen können." Er zuckte mit den Flügeln und sah in den sonnigen Himmel hinauf.

„Und wo sind all die anderen Träume jetzt?" wandte sich Ayala wieder an ihren Elefanten.
„Na hier, bei mir", bekam sie zur Antwort.
Auf dem breiten, blauen Rücken des Elefanten sah Ayala einen großen bunten Leinensack, in dem es fröhlich tuschelte.
„Was ist?" drängte der Elefant. „Wir wollen doch weg hier. Oder?"
Ayala nickte immer noch sprachlos und ließ sich von dem starken Rüssel auf den Rücken heben. Während der Kauz auf ihre Schulter flatterte, fragte der Elefant lächelnd: „In den Alten Wald zu Wittov? Nicht wahr?"
Ayala nickte heftig und strahlte mit der Sonne um die Wette. Prustend stieß der Elefant eine gewaltige Fontäne seiner wundersamen Blumen aus dem Rüssel und überschüttete damit den ganzen Himmel. Ayala sah nichts mehr, nur noch leuchtende Blumen. Ihr wurde wunderbar leicht. Fast glaubte sie zu schweben.

*

Wittov saß grummelnd und grübelnd in seiner Hütte. Die Feuer unter den Zauberkesseln waren erloschen und kalt. Was blieb ihm schon anderes übrig, als auf Ayala zu warten. Ob sie ihren blauen Elefanten wohl gefunden hatte? Schwer atmend stützte er den Kopf in die Hände. Falls nicht, würde er die ganze Zauberei endgültig aufgeben.
Er war so in Gedanken versunken, daß er den stürmisch heranflatternden Kauz kaum bemerkte. „Wittov! Wittov!" krächzte dieser. „Stell dir vor, sie kommt!"
Erschrocken sah der Zauberer auf.
„Ayala kommt!" wiederholte der Kauz aufgeregt.
Wittov sah ihn ungläubig an. „Kauz, ich warne dich", drohte er dann. „Falls das nicht stimmt, werde ich dich statt in einen Fisch, in einen Dumpfdotterich verwandeln. Und dies wird mein letzter Magierwunsch sein!"
Nun wußte der Kauz zwar nicht, was ein Dumpfdotterich ist, aber er war sich sicher, daß dieser noch stummer war als

der stummste Fisch im Großen Ozean. Daher versicherte er nochmals: „Wirklich, Wittov. Sie müssen jeden Augenblick hier sein!"
Noch während er mit dem Zauberer sprach, wurden die Weiden neben Wittovs Hütte von einem bunten Blumenregen überschüttet. Und mitten in diesem leuchtenden Blütenmeer stand mit einem Mal ein sommerhimmelblauer Elefant, und auf ihm saß eine glücklich lachende Ayala.
„Wittov!" rief sie fröhlich. „Da bin ich wieder. Siehst du, ich habe meinen Elefanten gefunden!"
Das Mädchen ging auf den verwundert blickenden Zauberer zu. „Weißt du, was ich noch mitgebracht habe?" fragte sie. Noch ehe Wittov den Atem zu einer Antwort fand, sprudelte es aus Ayala heraus: „Die verschwundenen Träume der Dorfbewohner. Na, was sagst du dazu?"
„Du hast...", stammelte der Magier, während der Kauz laut krächzend über ihm die Flügel schlug: „Sie hat sie alle vom Wunschbrunnen bekommen. Ich sag dir, das war ein Zauber!" schrie er und flatterte auf Wittovs Schulter.
Der Zauberer blinzelte fassungslos. Freundlich begrüßte ihn der Elefant: „Da sind die Träume. Bis hierher habe ich sie getragen. Jetzt bist du dran." Und ehe sich's Wittov versah, hatte ihm der Elefant den bunten Leinensack gegeben. Die Träume waren nun in Wittovs Hand. Dieser runzelte die Stirn, besah sich den Sack und schüttelte sein ergrautes Haupt.
Dann verkündete er: „Nun gut. Wir gehen alle zusammen ins Dorf und sagen den Menschen, daß wir ihre Träume mitgebracht haben. Einverstanden?"
Das Mädchen und der Elefant nickten lachend.

*

So zogen Ayala, ihr sommerhimmelblauer Elefant, der Kauz und Wittov, mit dem Sack der Träume in der Hand, zum Dorf. Die Menschen folgten ihnen bis auf den Marktplatz und drängten sich dicht an dicht. Auch einige der Fremden

waren darunter. Endlich verstummte das aufgeregte Gemurmel.
Wittov breitete mit einer großen Geste die Arme aus. Dann begann er: „Hört mir zu! Das Gift der Angst, welches die Fremden das Wasser der Wahrheit nennen, soll eure Herzen nicht länger zerstören. Dieses Mädchen und ich haben einen Weg gefunden, euch zu helfen!"
In der Menschenmenge, gerade bei den Fremden, begann es leise, aber böse zu flüstern. Wittov ließ sich von dieser Unruhe nicht beeindrucken und deutete auf Ayala. „Ihr seht hier, daß sich dieses Mädchen seinen sehnlichsten Wunsch erfüllt hat. Sie hat ihren sommerhimmelblauen Elefanten gefunden. Und darüber hinaus hat sie auch alle eure Träume wieder zurückgebracht."
Die Zuhörer, allen voran die Fremden, brachen in ein höhnisches Gelächter aus. „Träume? Was soll das?" brüllten sie durcheinander. „Wir brauchen sie nicht mehr. Alles was wir wollen, schaffen wir uns selbst!"
Geifernde Stimmen drängten sich unerkannt nach vorne. „Von dir werden wir uns nicht täuschen lassen!" schrien sie. „Einen blauen Elefanten! Wer hat so etwas schon einmal gesehen? Das gibt es nicht. Das kann es nicht geben!"
Schon flogen die ersten Steine auf Wittov und Ayala. Der Kauz flatterte entsetzt in die Luft. Beschwörend redete Wittov auf die Menge ein. Aber alle Worte halfen nichts. Sein Blick verhärtete sich. „Also gut", rief er und öffnete den Sack, um die Träume herauszulassen.
Wie bei einem kleinen, warmen Sturm im Sommer begann es auf dem Marktplatz zu rauschen und zu tosen. Die Träume wirbelten und tanzten über den Platz. Erschrocken wich die Menge zurück. Fast schien es, als wollten sie flüchten. Aber schließlich fand jeder Traum zurück in das Herz, welches ihn einst geboren hatte.
Seltsam stumm verließen die Menschen den Marktplatz und gingen zurück in ihre Häuser.
Nur einige der Fremden standen noch da und sahen haßerfüllt zu Wittov und Ayala herüber.
„Eure Zeit ist vorbei", brüllte Wittov, und sein Lachen fegte

über den weiten Platz. „Es hat zwar lange gedauert, aber nun werdet ihr keine Macht mehr über die Menschen haben, so wahr ich Wittov heiße!"
Hastig rannten die Fremden davon, verfolgt vom Gelächter Wittovs und einem laut aufkrächzenden Kauz.

*

Es wurde ruhig im Dorf. Früher als sonst erloschen die Lichter hinter den Fenstern. Und dieses Mal war der Schlaf, in den die Dorfbewohner hineinsanken, voller längst vergessener Träume.
Doch als der Mond sich ganz hoch in den Nachthimmel geschoben hatte, rüttelte ein tosendes Beben die Dorfbewohner wach. Aufgeschreckt stürzten die Menschen aus ihren Häusern und starrten hinüber zu Wittovs Wald. Dort, wo seit Menschengedenken uralte Bäume und wild verzweigte Sträucher standen, strahlte ein glänzendes Licht in den schwarzen Himmel. Wie dichter Regen fielen Sternschnuppen auf die Erde, und über allem schwebte klar und fest ein riesiger, wunderschöner Regenbogen. Und dieser Regenbogen lächelte wie in alten Zeiten.
Da weinten die Menschen des Dorfes und erinnerten sich an die vielen verschwundenen Regenbogen, die einst den Himmel geschmückt hatten. Alle wußten nun wieder, was früher in ihren Herzen zuhause gewesen war. Nie wieder würden sie ihre Träume in fremde Hände geben. Niemand hat in dieser Nacht seine Tränen und sein Lachen länger versteckt. Die Nacht wurde zum Fest, zum Fest der wiedergefundenen Träume.
Und im frühen Morgenlicht ritt Ayala auf ihrem sommerhimmelblauen Elefanten durch das singende und tanzende Dorf, hinein in die ersten Sonnenstrahlen des anbrechenden Tages.

*

Seit dieser Zeit zaubert Wittov jedesmal, wenn ein Traum dahin zurückfindet, wo er hingehört, einen wunderschönen, lächelnden Regenbogen in den Himmel.
Und wer genau hinsieht, kann einen fröhlich krächzenden Kauz darunter hindurchfliegen sehen.

* * * * * * *

Der Autor:

Norbert Sütsch,
Jahrgang 1957, lebt, wohnt und schreibt in Waiblingen, bei Stuttgart.
War Student, Journalist und Reisender.
Seit 1985 Buchhändler.
Dieses Märchen ist seine erste Buchveröffentlichung.

*

Der Illustrator:

Manfred Häusler,
Jahrgang 1961, lebt in Waiblingen, bei Stuttgart.
Arbeitet als freischaffender Künstler, Grafiker, Fassadenmaler, Innenraumgestalter.